Paperfilm

荔枝光俱樂部

LITCHI HIKARI CLUB

古屋兎丸

USAMARU FURUYA

★FACES PUBLICATIONS★

黃鴻硯／譯

次

ents

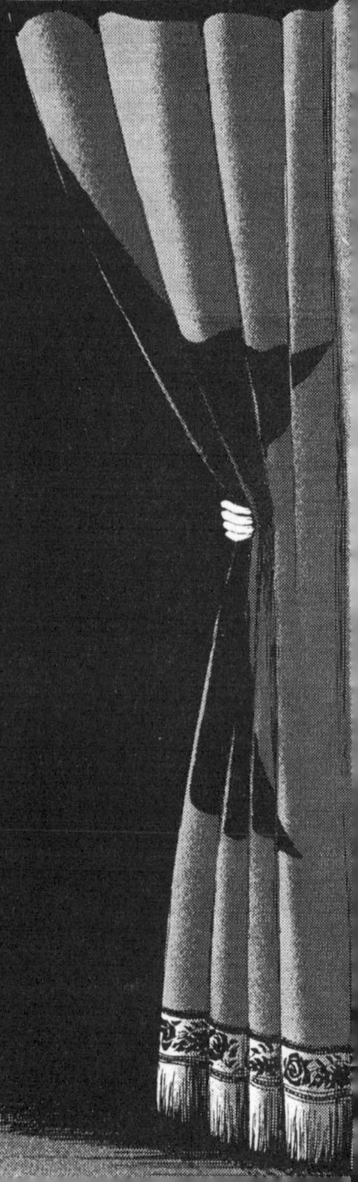

TOKYO GR

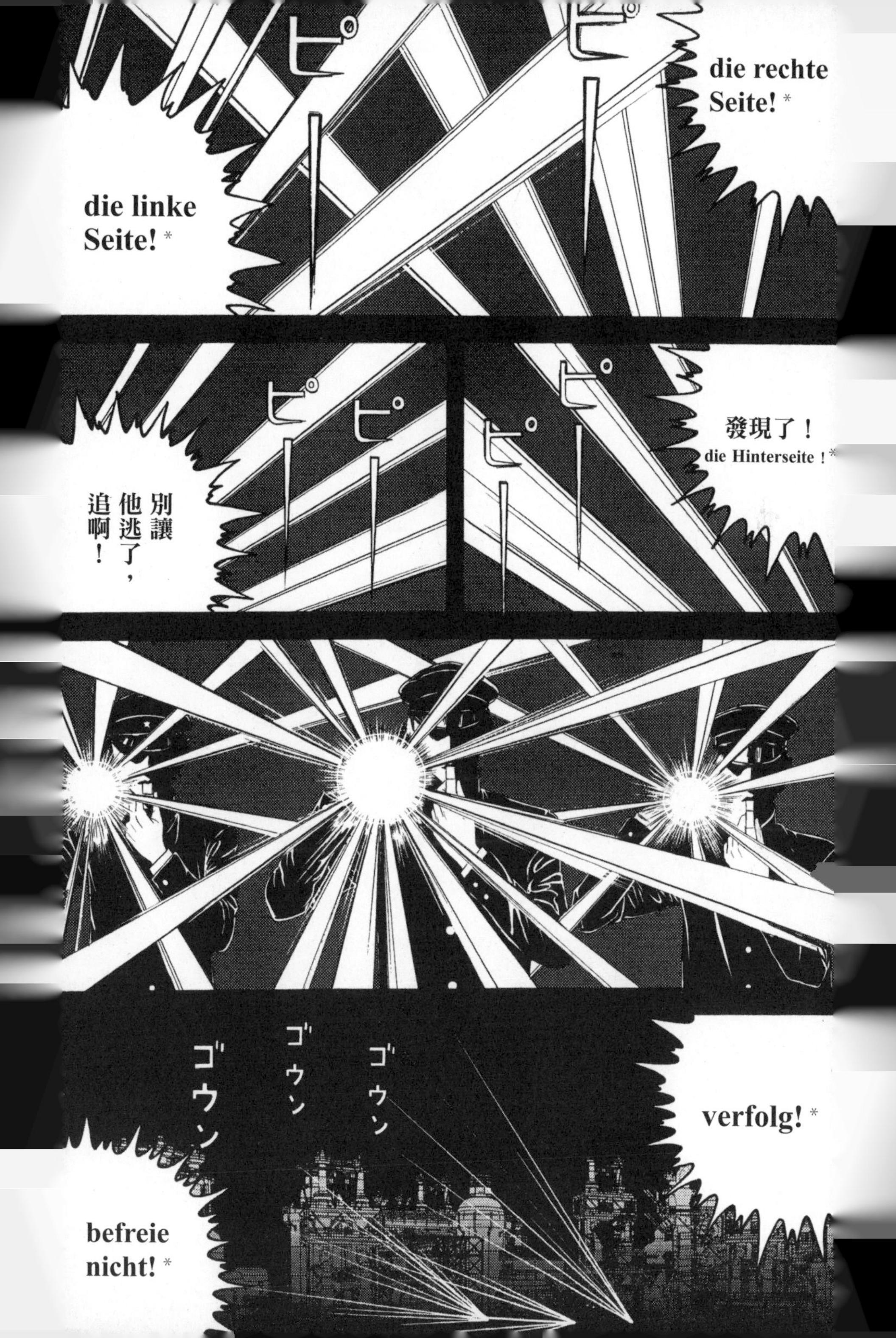
ピー
ピー
die rechte Seite! *
die linke Seite! *
ピー
ピー
發現了！
die Hinterseite！*
ピー
ピー
別讓他逃了，追啊！
ゴウン
ゴウン
ゴウン
verfolg! *
befreie nicht! *

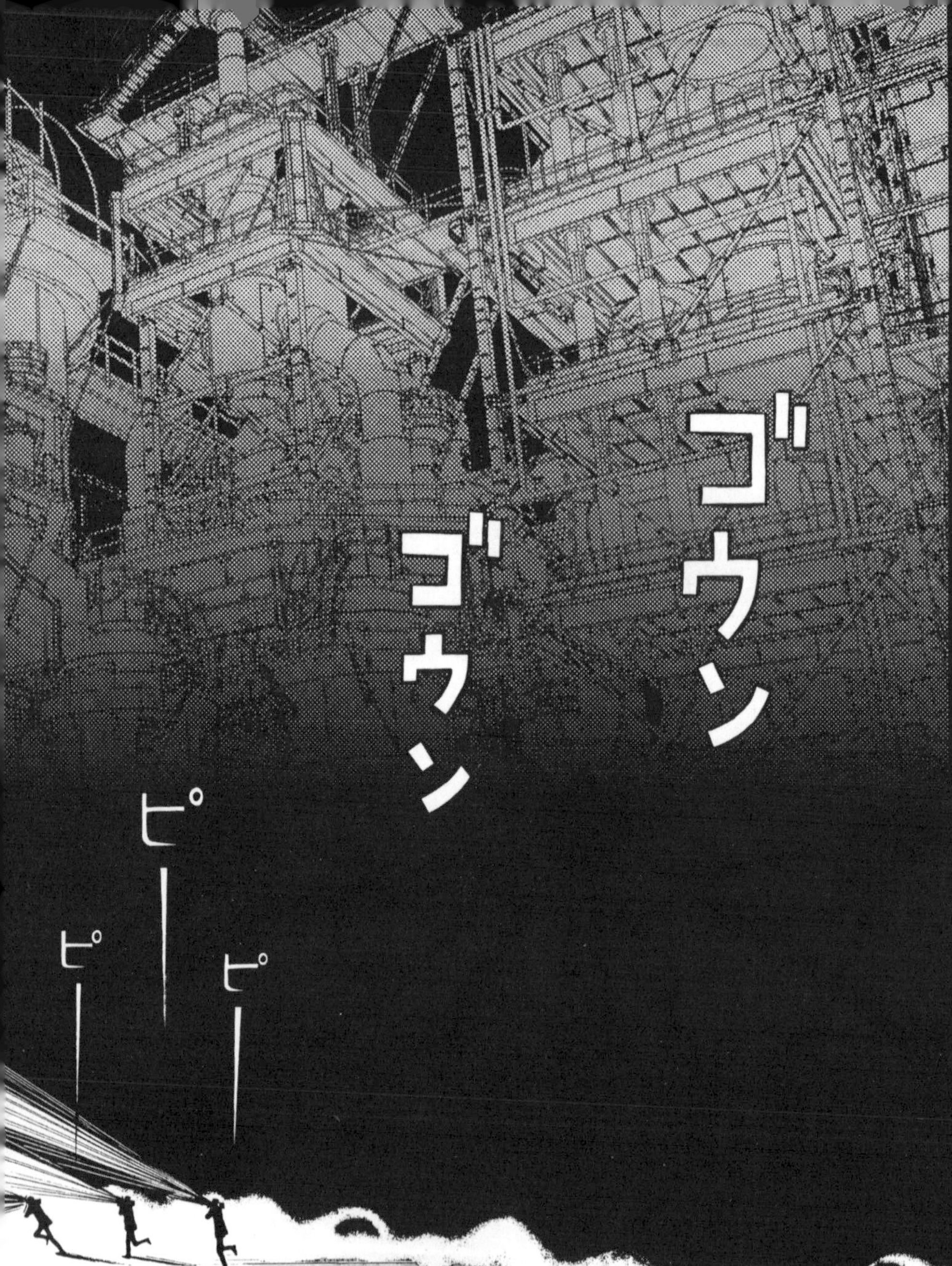
ゴウンゴウン
(轟嗡嗡嗡)
ゴウンゴウン
ピー
ピー
ピー
(嗶—嗶—嗶—)

ゴウン
ゴウン
第壹話 埃拉伽巴路斯的☆夢

ピー
(嗶——嗶——)
ピー
(嗶——嗶——)
Zera，發現他了!!
Zera，田宮和尼可他們在追他!!
哨音，響第三次了！
Zera，快追到了!!
ピーピー
(嗶——嗶——)
Wir haben ihn eingeholt! *
*我們堵到他了！
ピー
(嗶——)
Eine Sackgasse! *
*他無處可逃了！
ピー
(嗶——)

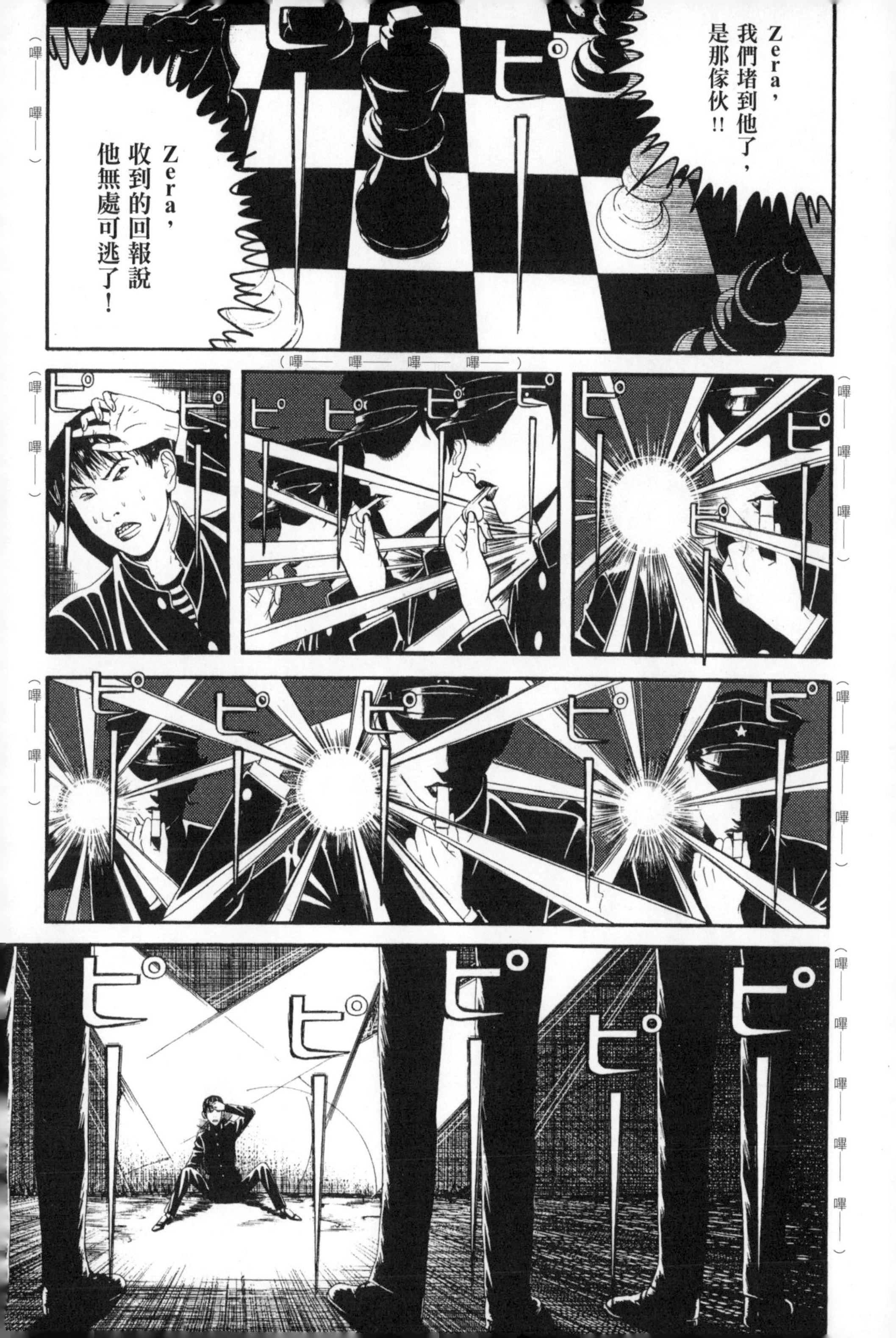
Zera，我們堵到他了，是那傢伙!!
Zera，收到的回報說他無處可逃了！
（嗶——嗶——）
ピ
ピ
（嗶——嗶——嗶——嗶——）
（嗶——嗶——）
ピ
ピ
ピ
ピ
ピ
ピ
ピ
（嗶——嗶——嗶——）
（嗶——嗶——）
ピ
ピ
ピ
ピ
ピ
（嗶——嗶——嗶——）
ピ
ピ
ピ
ピ
（嗶——嗶——嗶——嗶——嗶——）

Ich will nicht mehr! *
Der Mann lädt eine Schuld auf sich! *
Wir wurden gesehen! *
Das Geheimnis! *
Der Stützpunkt! *
Das Licht! *
唔
唔
*和這男人絕交！
*這傢伙犯罪了！
*我們被看見了！
*祕密！
*基地！
*光！

*排除礙事者！

*我們要求制裁！

*殺！

*殺了這男人！

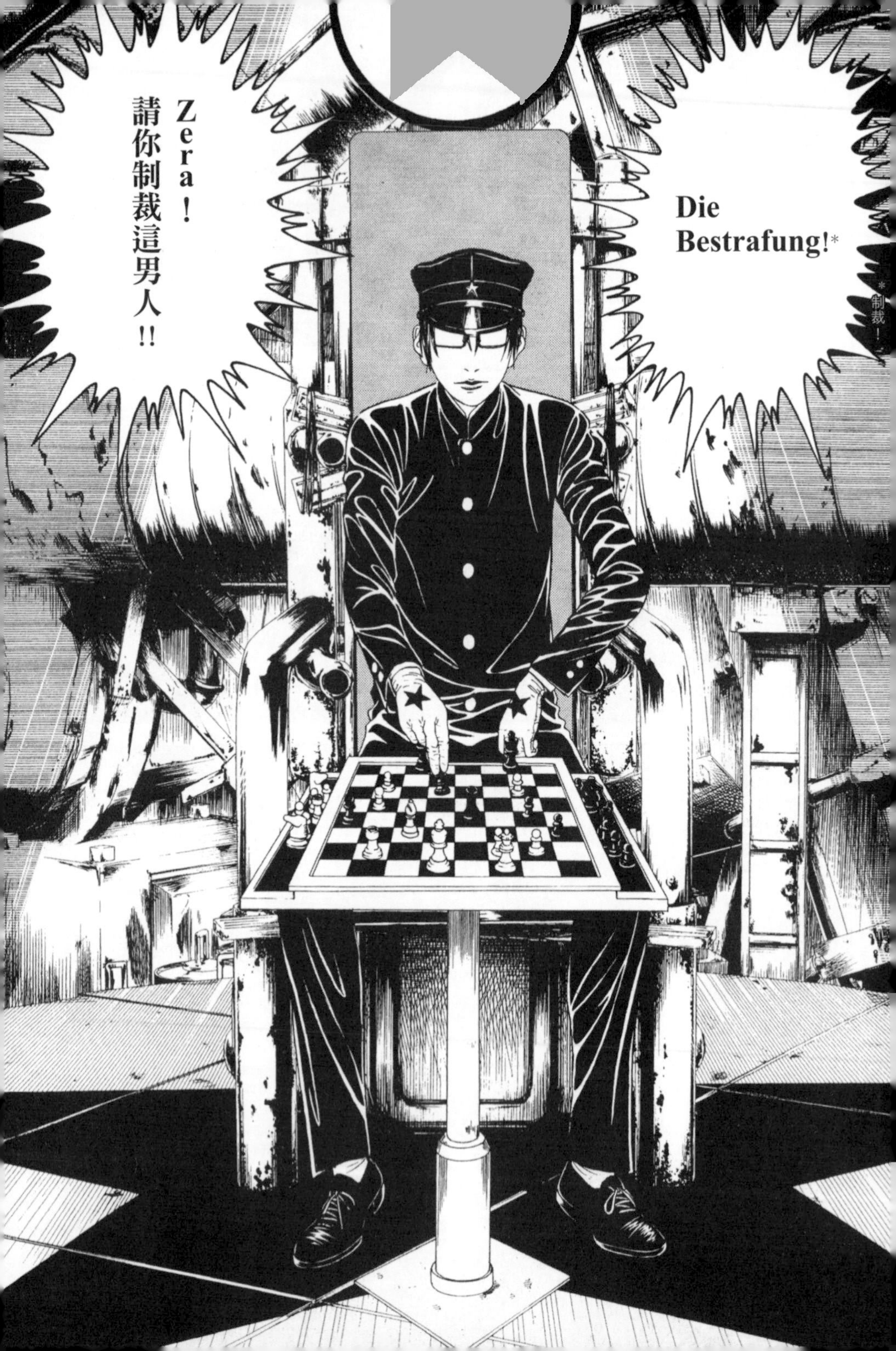
Die Bestrafung!*
*制裁！
Zera！請你制裁這男人!!

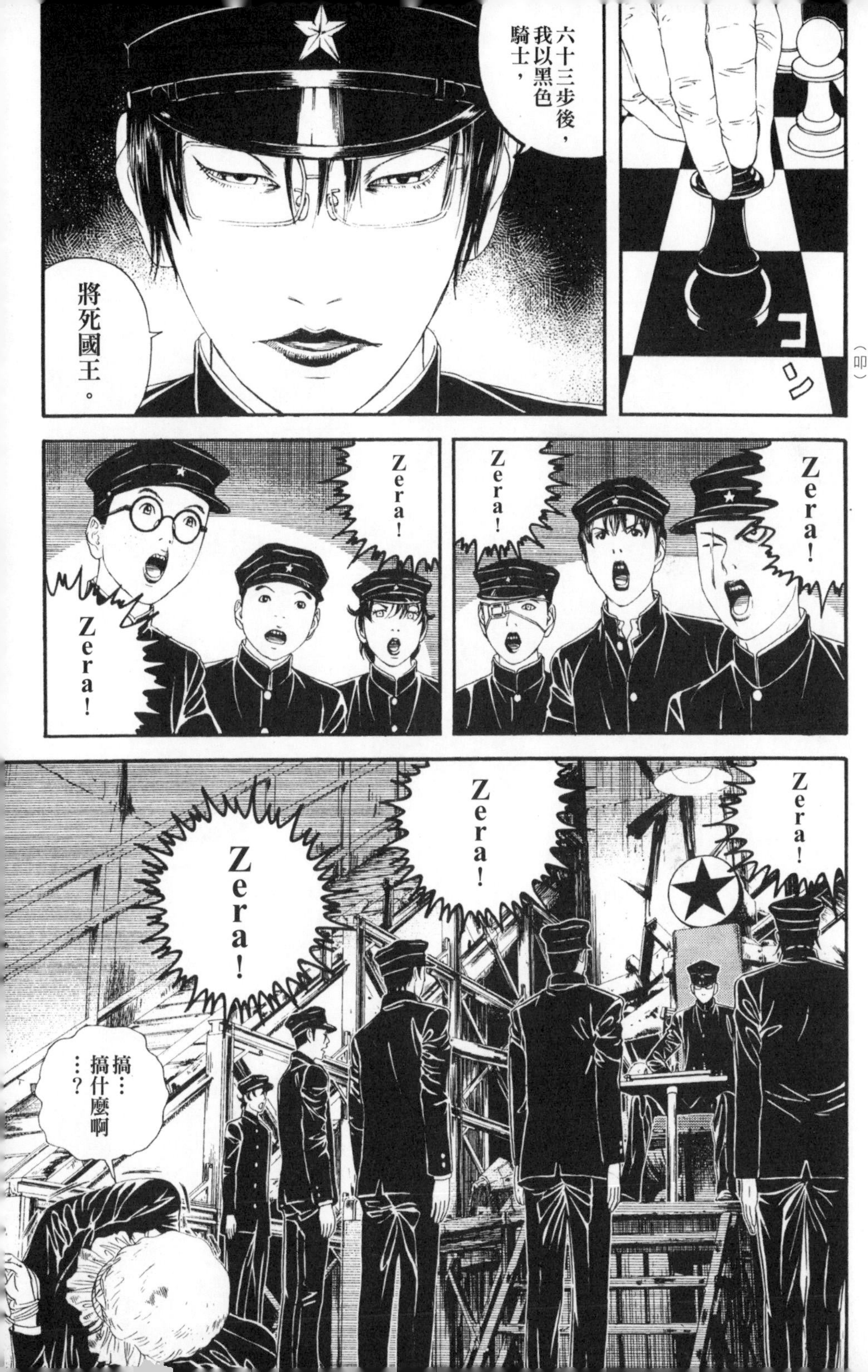
コン
(叩)
六十三步後，我以黑色騎士，
將死國王。
Zera!
Zera!
Zera!
Zera!
Zera!
Zera!
Zera!
搞…搞什麼啊…？

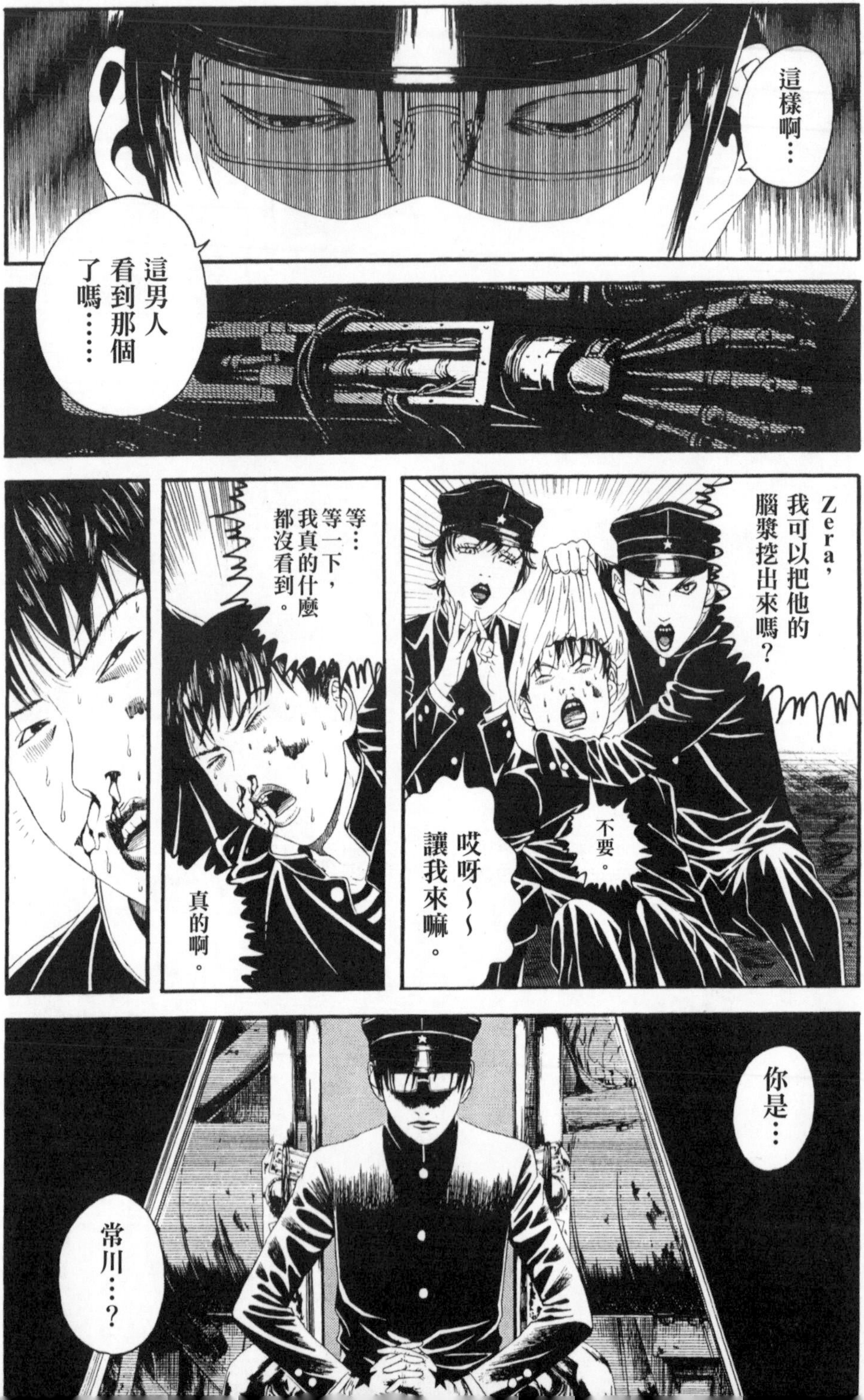
這樣啊⋯
這男人看到那個了嗎⋯⋯
Zera，我可以把他的腦漿挖出來嗎？
不要。
哎呀～～讓我來嘛。
等⋯等一下，我真的什麼都沒看到。
真的啊。
你是⋯
常川⋯？

你不是二班的常川嗎？
你這傢伙竟敢這樣對我，你以為我會善罷干休嗎!?
在某個共同體內，我的身分被規定為常川。
然而，我的血是常川嗎？我的肉是常川嗎？NoNo。常川曖昧而無實體。
在此，在光俱樂部的規定下，
我的身分是Zera。
光俱樂部？
Zera？

關於這男人的處置方式，
大家可以給我一點意見嗎？
一號，尼可。
是，親愛的Zera！
我要烤了這男人的眼球，逼他吃下去！
二號，雷藏。
嗯～～♡
Zera，切掉這男人的雞雞好了。
三號，金田。
我…我…我被這傢伙欺負過。
所…所以，Zera，我想殺了他，用他最痛苦的方式。

四號，電算機。
Zera，我有幾個活體實驗想做做看。
①凍死人後使他復活的實驗。
②注入塑膠到血管內，將人製成標本的實驗。
③每天多裝一個項圈，看他脖子能拉多長的實驗。
五號，佃犬。
為了實現我們的願望，我想舉行黑魔術儀式，
獻出這男人的首級當作祭品，與惡魔通信。
六號，田宮。
是的，Zera。
我認為要凌遲他，讓他見識我們的力量。
七號，雅各。
嘿嘿嘿嘿，Zera，有件事我想試個一次。
我要不斷搔他癢，使他笑到斷氣！嘿嘿嘿嘿。

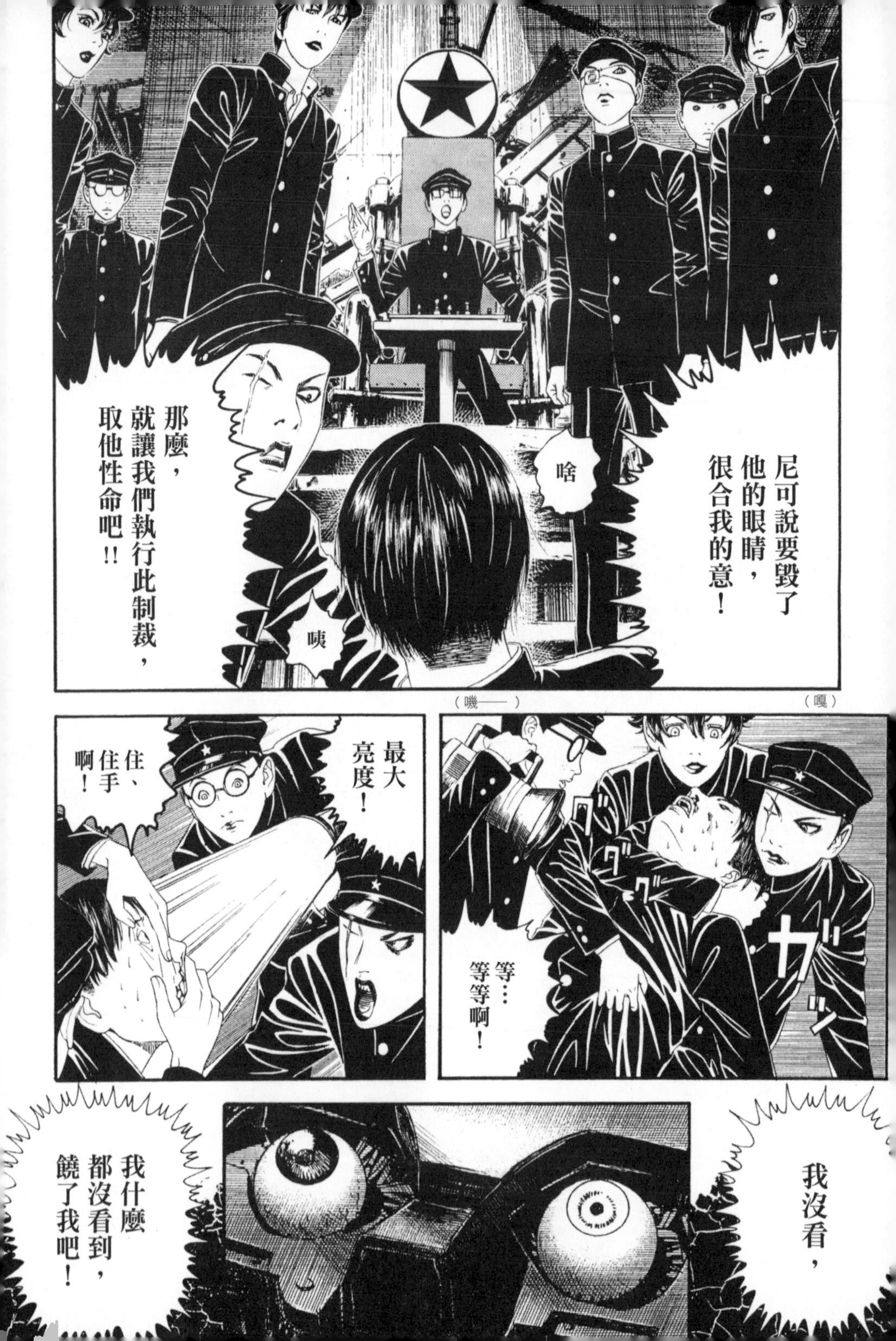
尼可說要毀了他的眼睛，很合我的意！
啥
那麼，就讓我們執行此制裁，取他性命吧!!
咦
（嘎）
（嘰——）
等…等等啊！
最大亮度！
住、住手啊！
我沒看，
我什麼都沒看到，饒了我吧！

茲⋯
ゴウン
（轟嗡嗡）
ゴウン
ゴウン
Die Strafe!*
Die Strafe!
Die Strafe!
*處罰！處罰！處罰！
扔了這男人！
讓我們再度展開崇高的作業吧!!
ゴゴン
（咚隆）

Zera!
ゴゴゴゴゴ
（咚隆隆隆隆）
這女人
剛剛也在偷窺
祕密基地喔。
呀哈。

喔！
幹得好啊。
Jaibo。
你們……
知道做出這種事會有什麼後果嗎？

我看到濱里同學走進這工廠就跟了過來，結果⋯⋯
你們知道自己在做什麼嗎？
濱里同學！濱里同學！
唔
唔
過分⋯⋯
實在太過分了！
你們⋯
咦～～？
仔細看才發現，這女人是世界史的老師嘛，啊哈哈。

你是，
雨谷同學吧…
石川同學，
田伏同學，
金田同學，
為什麼會這樣!?
你們這些正經的孩子在做什麼!?
老師，
羅馬皇帝埃拉伽巴路斯為什麼會遇害呢？

咦？
老師，我有問題！他死的時候真的全身都是屎嗎!?
呀哈。
老師上禮拜說，
拿破崙生於一七五九年是吧？
怎…怎樣…？
應該是一七六九年才對。
妳不會是要來這裡更正的吧？
哎呀——多麼熱中於工作呀～～
你…你們幾個，
到底在這裡做什麼啊!?
還、還有，
那…那個怪物到底是什麼啊!?

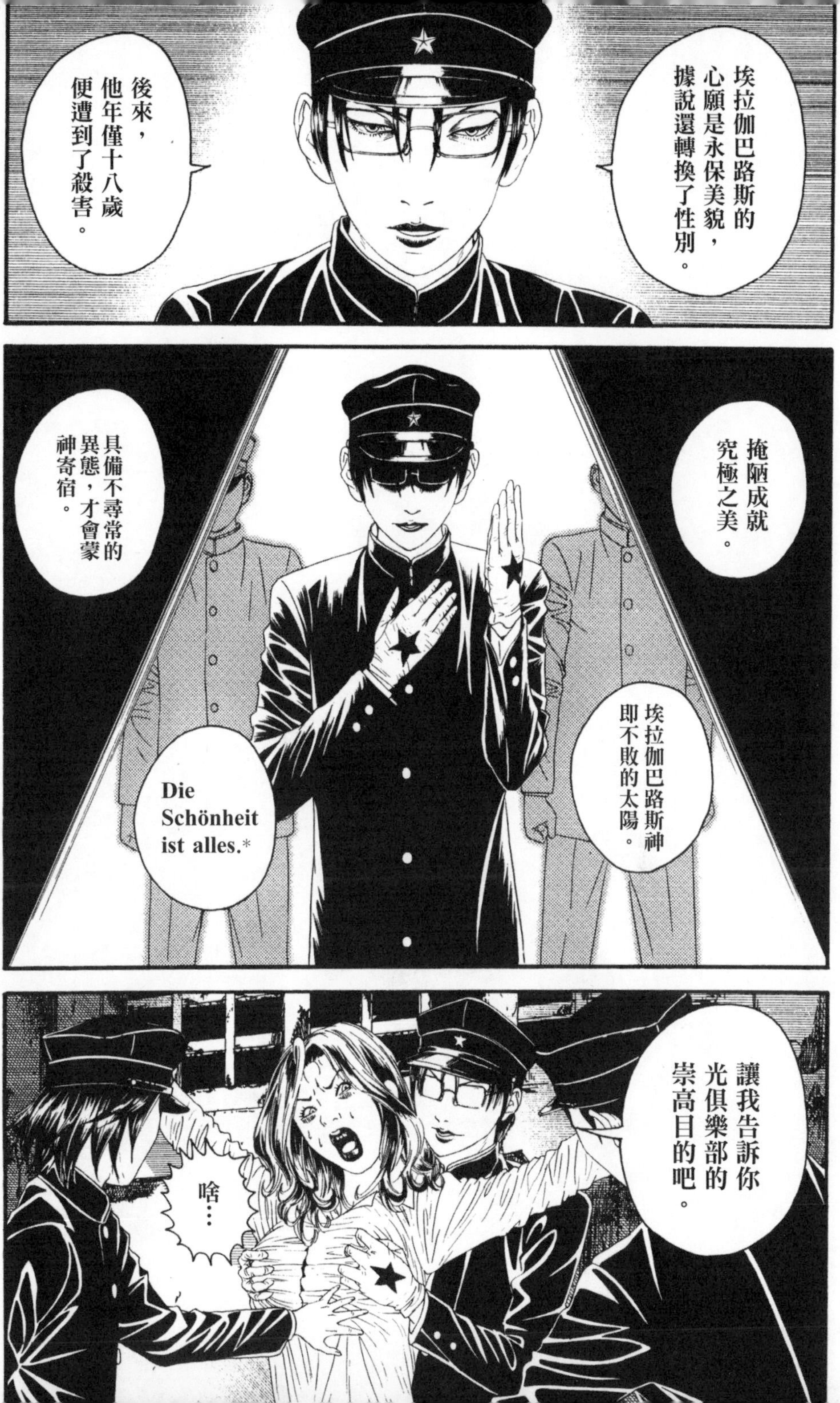
埃拉伽巴路斯的心願是永保美貌，據說還轉換了性別。
後來，他年僅十八歲便遭到了殺害。
掩陋成就究極之美。
具備不尋常的異態，才會蒙神寄宿。
埃拉伽巴路斯神即不敗的太陽。
Die Schönheit ist alles.*
讓我告訴你光俱樂部的崇高目的吧。
啥…

*美才是一切。

住…住手！
不能靠蠻力做這…這種事。
諸君，看看這具身體。
多麼醜陋…
令人作嘔…
啥
這肥大的脂肪巨塊。
塗成大紅色的嘴唇！
證明她是發情母豬。
粗大又堅硬的體毛。

都暴露出如此醜態了，這女人還厚顏無恥地活著。
Das Monstrum!*
嚇
對，這女人正是怪物!!
你、你們也會像我這樣逐漸長大成人的啊!!
我不否定成長，
我否定的是妳不死亡這件事。
bestrafen!*
Zera，懲罰這個醜陋的女人！
制裁這個暴露醜態的女人!!

＊怪物！

＊制裁！

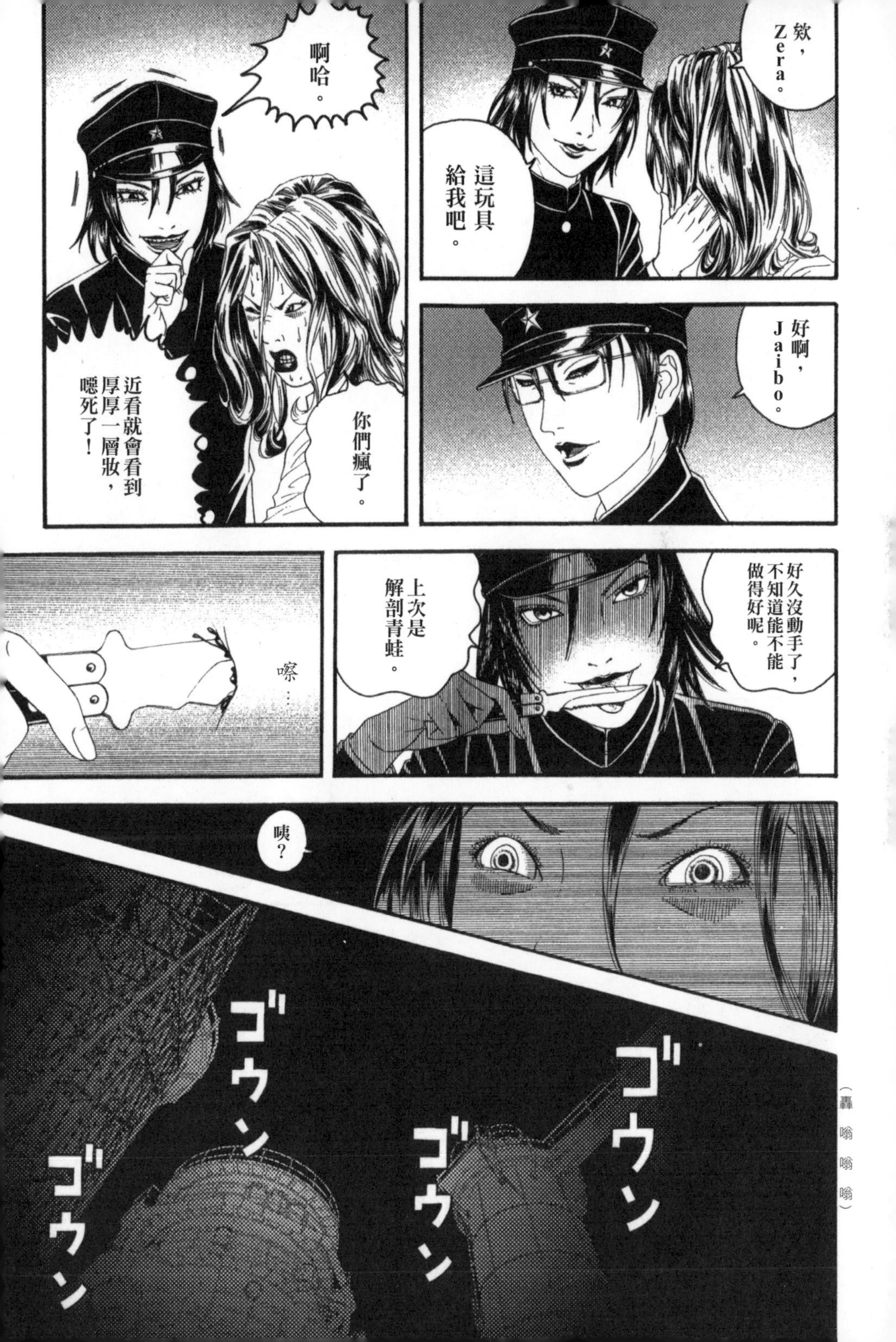
欸，Zera。
這玩具給我吧。
啊哈。
好啊，Jaibo。
你們瘋了。
近看就會看到厚厚一層妝，噁死了！
好久沒動手了，不知道能不能做得好呢。
上次是解剖青蛙。
嚓⋯
咦？
ゴウン
ゴウン
ゴウン
ゴウン
（轟嗡嗡嗡）

呀哈哈，Zera，你看啊!!
這女人的體內塞著如此醜陋的內臟喔。
哇。
那啥啊？
難不成我們身體裡也塞著那麼醜的東西嗎？
怎麼可能。
我們的一定更美，不是嗎？

今夜就此解散!!
呀哈。
是的，Zera。
Zera。
Zera。
Zera。
Zera。
（轟 嗡 嗡）
ゴウン
ゴウン
ゴウン

啊，Jaibo。
你真是太美了。

簡直像這荔枝果實。
欸，快一點⋯
Zera。
這荔枝果實必將帶來永恆。
它會實現我們的願景。

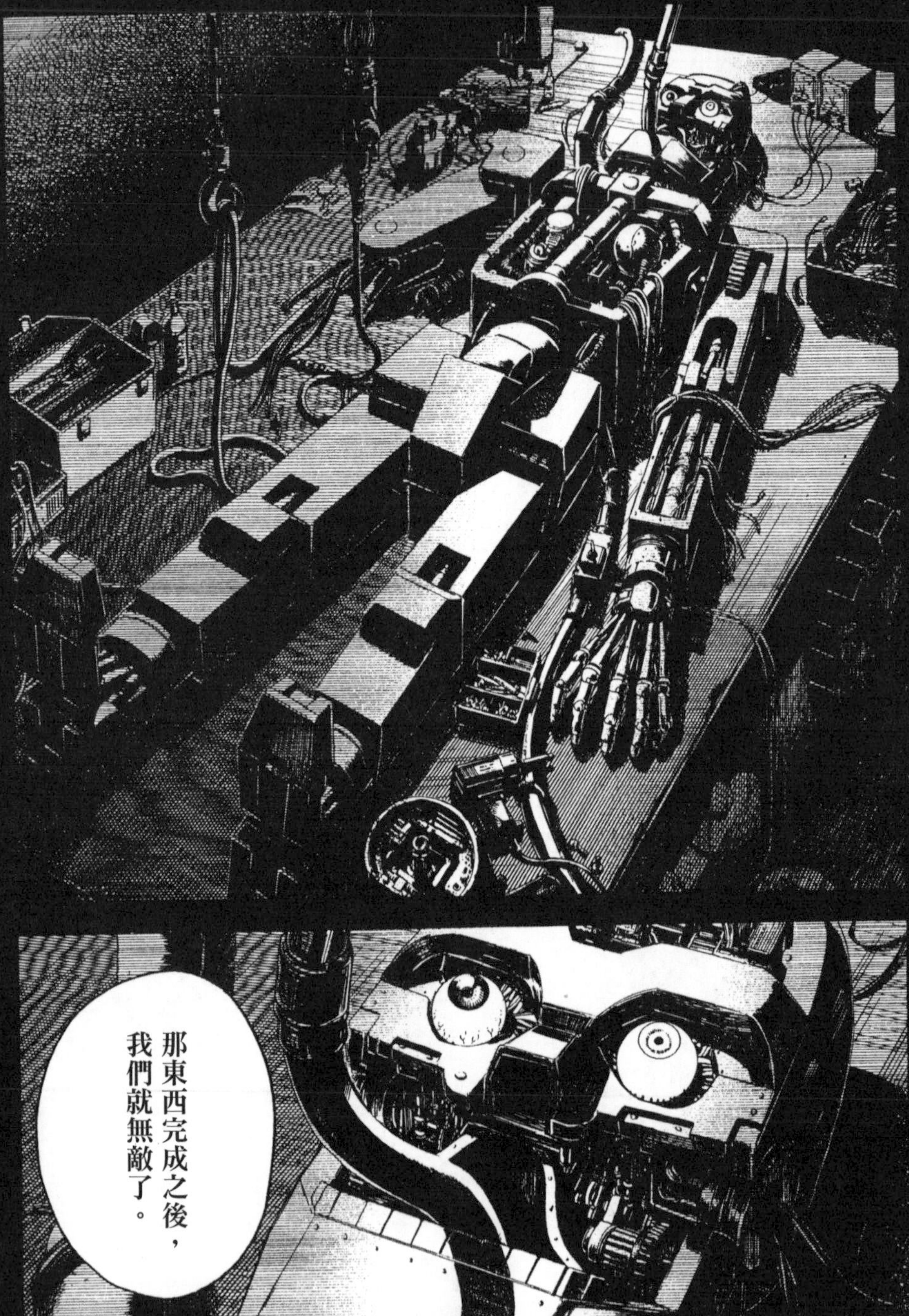
那東西完成之後，我們就無敵了。

ゴウン
（轟嗡嗡嗡）
ゴウン
ゴウン
ゴウン

第二話 優美的☆機械

ゴウン
（轟嗡嗡嗡）
ゴウン
ゴウン
ゴウン
螢光中学校
タタタタ
（噠噠噠噠）
喂，你們看啊！
女人…
是女人!!

廣美，要妳陪我來這種地方真是抱歉啊。
一個人去什麼螢光町啊，太危險了!!
而且又臭臭的。
昌代，螢中的人在看我們～～～
螢中!
（噠噠噠噠）
那間男校嗎!?
ﾀﾀﾀﾀ
討厭，噁死了!!
死——命盯著我們看耶…
媽媽說絕對不能跟螢中的男生扯上關係…
呀啊——好恐怖。
廣美，等一下啦～
噠噠噠

ゴウン ゴウン ゴウン ゴウン
（轟嗡嗡嗡）
（噠噠噠噠）
佃犬，你太晚到啦！
課……
課後輔導……
ゴゴン
（咚隆）
沒關聯吧！
Zera不是叫我們今天早一點過來嗎!?
夠了。
尼可。

感情激昂
會使精密作業
走調。
我們的作業
終於進入最後
階段了!!
慎重且
迅速地進行吧。
是的，
Zera。
就快了。

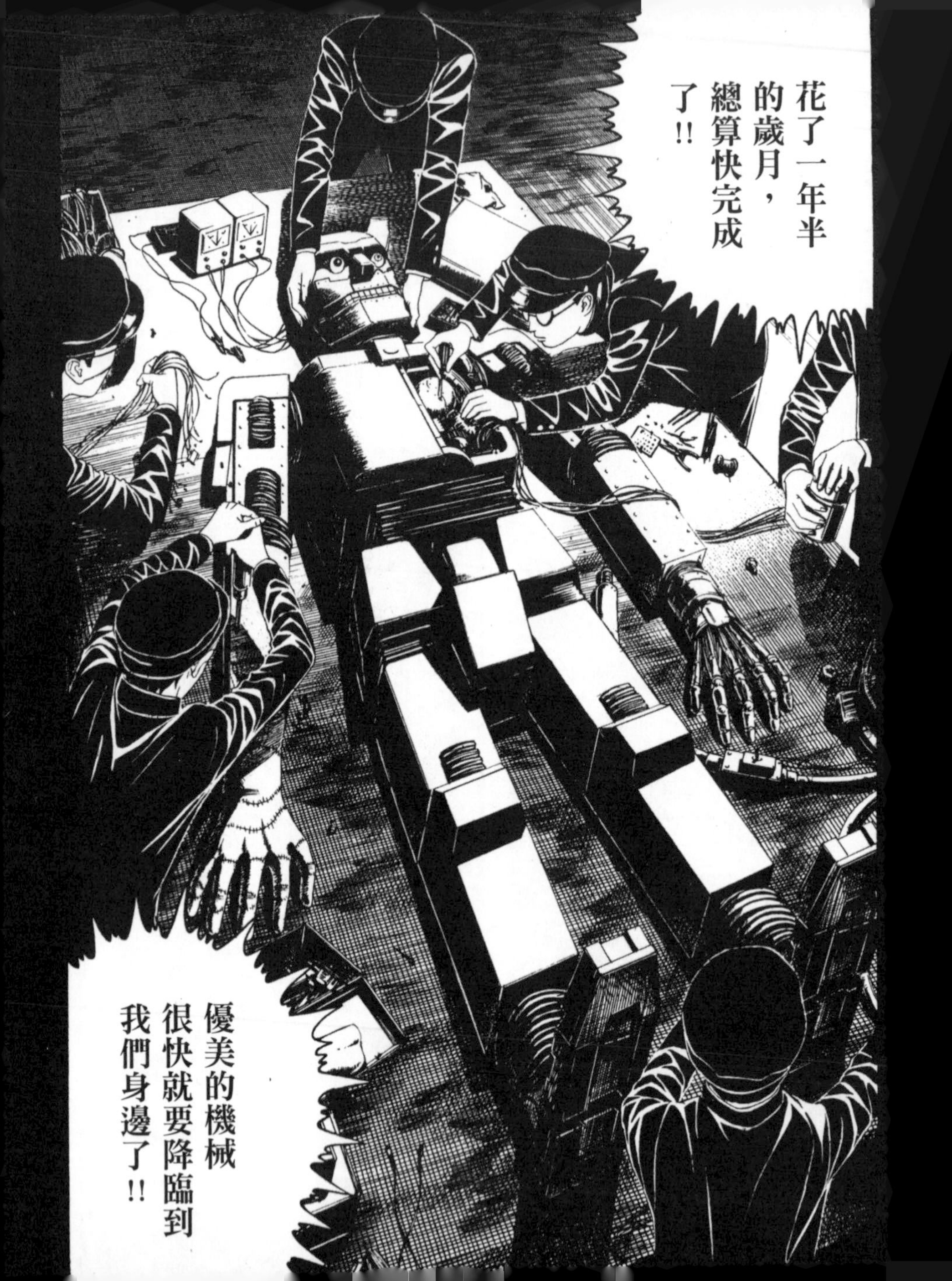
花了一年半的歲月，總算快完成了!!
優美的機械很快就要降臨到我們身邊了!!

報告生產流程！
一號，尼可。
是的，Zera，P3工程完工，現在在確認發電機的運作!!
二號，雷藏。
是的，Zera，臉皮馬上就要縫好了——
三號，金田。
是的，Zera，臂部補強完成！
四號，電算機。
是的，Zera，
二十萬個程式安裝完畢。
五號，佃犬。
我現…現在開始在它身上鋪矽膠，
抱歉。
就跟你說吧。
六號，田宮。
Zera，各驅動組件上油完畢。
七號，雅各。
是的，Zera，我正在確認壓力分隔壁的打釘，檢查有無裂痕!!
八號，Jaibo。
我有好好盯著大家喔。
呀哈。

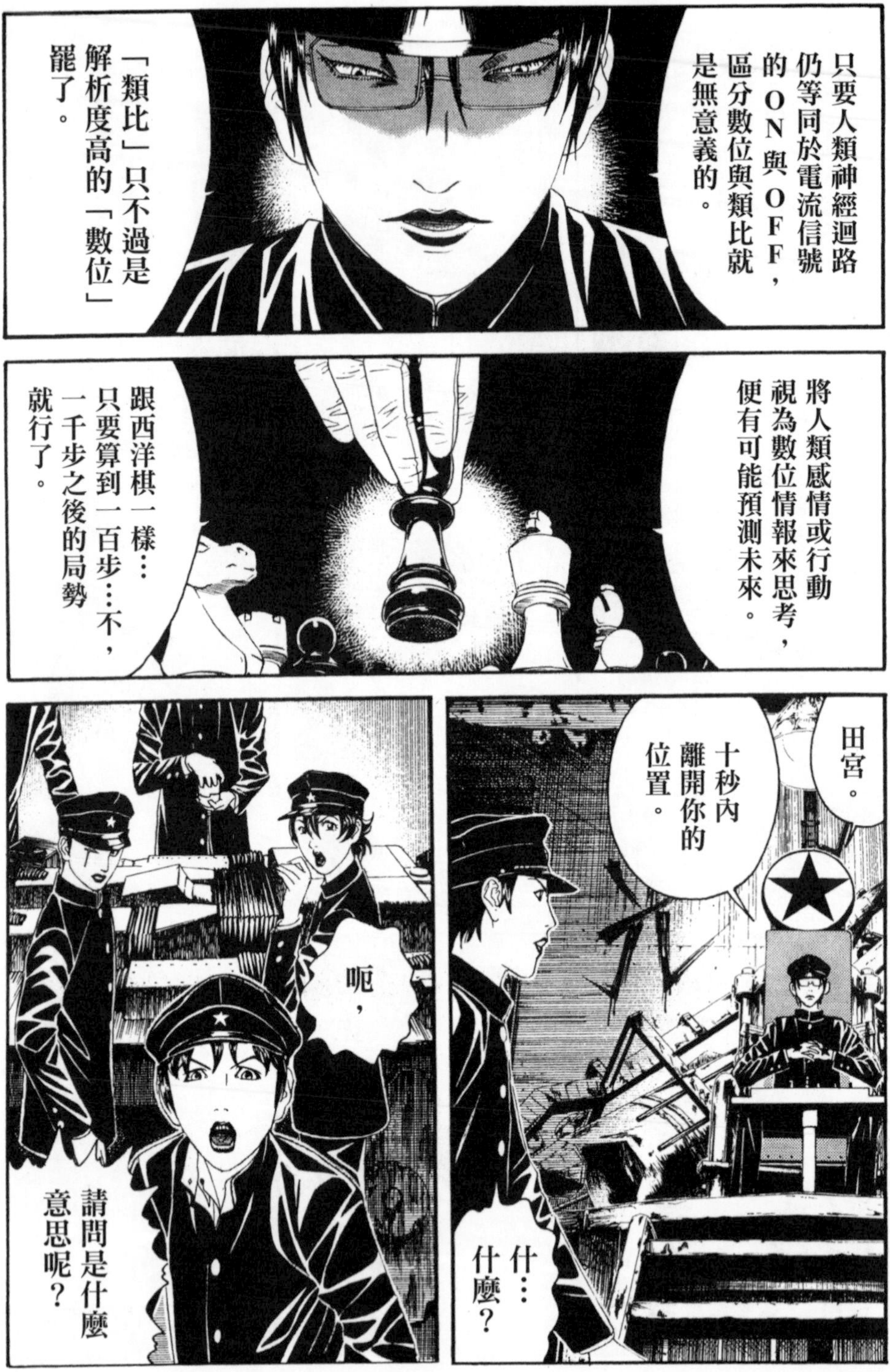
只要人類神經迴路仍等同於電流信號的ON與OFF，區分數位與類比就是無意義的。
「類比」只不過是解析度高的「數位」罷了。
將人類感情或行動視為數位情報來思考，便有可能預測未來。
跟西洋棋一樣…只要算到一百步…不，一千步之後的局勢就行了。
田宮。
十秒內離開你的位置。
什…什麼？
呃，
請問是什麼意思呢？

ボンッ
哇！
呀！
咦!?
哇！發電機噴火了啊。
蓋布上去!!
對，
下一步的下一步…

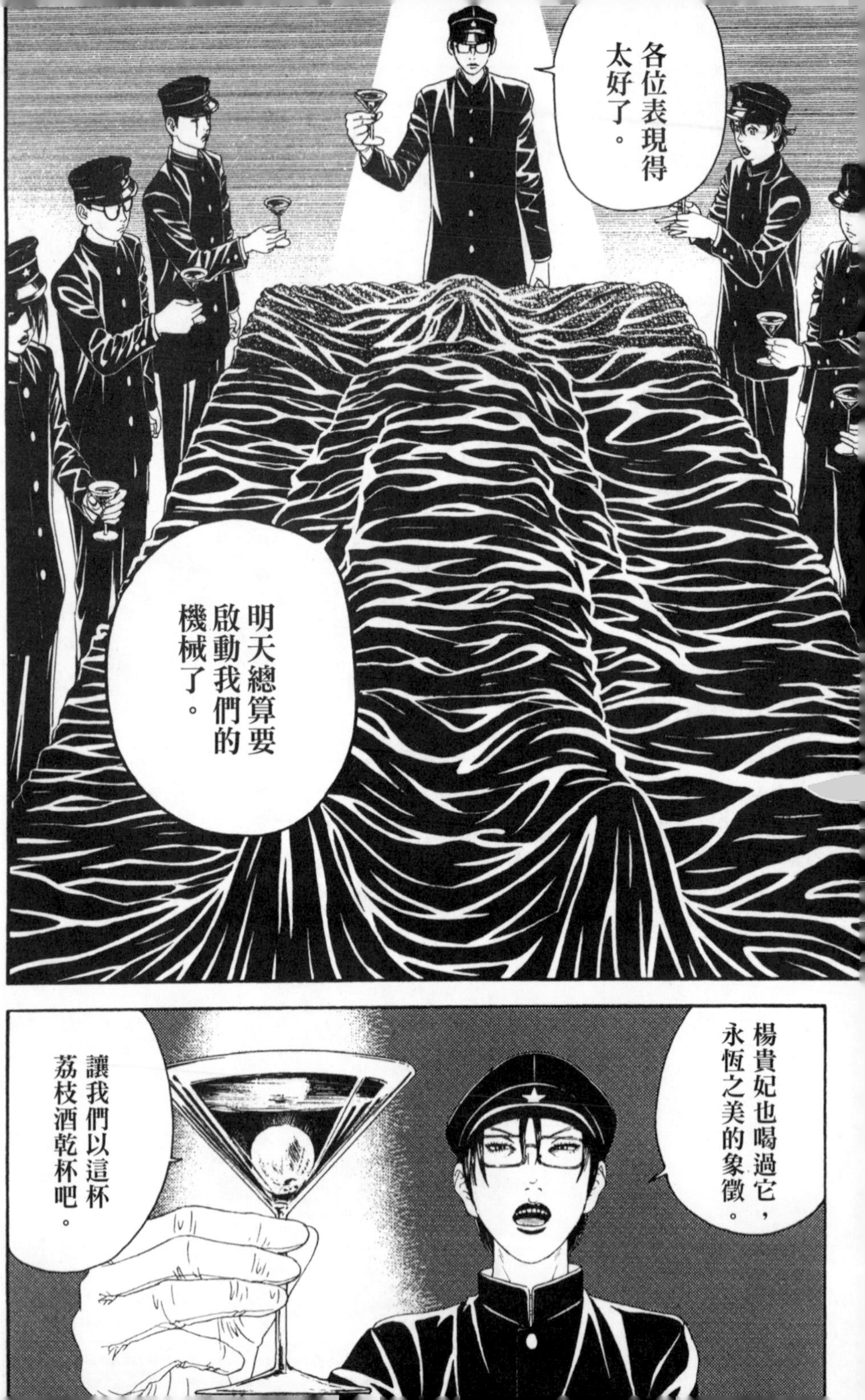
各位表現得太好了。
明天總算要啟動我們的機械了。
楊貴妃也喝過它，永恆之美的象徵。
讓我們以這杯荔枝酒乾杯吧。

!
最強的棋子皇后誕生了。
這樣啊⋯⋯也會有這種事啊。
?
諸君，
你們知道這荔枝酒為何是紅色的嗎？

因為我的血摻在裡頭。
！
領受我血液的諸君，可說是我的一部分了。
不過你們之中，
有人會背叛我…
咦…!?
我還不知道他是誰，算不到那麼細的程度。

機械的誕生，
會使我們走上破滅之路嗎？
任何人都不會背叛Zera的！
是的，Zera。
這機械的完工也遲了一個月啊！
Zera的預測還是落空過呀。
要相信我們啊，Zera。
這樣啊。

也許是吧⋯
ゴウン
ゴウン
ゴウン
（轟嗡嗡）
皇后走到這裡，
主教就到這裡⋯
以兵將死國王嗎。
這樣啊，原來也有這樣的戰術啊⋯！
チェス読本
嘻嘻嘻
！

在這種地方
練習西洋棋啊？
田宮同學。
我…我愛在什麼
地方做什麼是
我的自由吧！
我家很窄。
Jaibo!!
我知道，
因為所有人家裡
都很窄啊。
我不是要說
那個。
你難道，
是想擊敗
Zera？

別…別說蠢話了。
我只是想增進下西洋棋的技巧!!
是喔——
那你這邊為何總是開著?
咦?
你知道Zera最討厭不扣衣領的人吧?
難不成,
你在覬覦Zera的地位……

我…我要生氣囉，Jaibo！
呀哈。
開玩笑的啦。
哇——好可怕好可怕。
タタタタ
（嗞嗞嗞嗞）
ゴウンゴウンゴウン
（轟嗡嗡嗡）
Zera的地位…？我…？
蠢死了。

（嘰——）
キュウゥウ
キュウウウウ
（嘰——）
尼可。
ゴゴン
ゴゴン
（咚隆）
啊！Zera。
你一個人留到這麼晚啊。
不是的…
我回家一趟後想到就是明天了，很緊張…

就來去個關節部分的毛邊，
還有檢查上油狀況。
你果然是最棒的，
一號尼可。
我在Zera心目中是特別的！
太好了！
ゴウン
ゴウン
ゴウン
（轟嗡嗡）

可以出來囉。
唉唷——尼可那傢伙突然跑回來，
害我慌了一下！
Jaibo。
ゴウン ゴウン ゴウン
（轟嗡嗡嗡）
ガッ
（喀）
＊癡（漢）注意
喵嗚
我要宰了，
背叛Zera的人。

我才是最棒的吧？
尼可算什麼啊。
因為Zera是我的。
ゴウン
ゴウン
ゴウン
（轟嗡嗡）
Zera，我的Zera，Zera。
啊！

螢光町!!
ゴウン
ゴウン
ゴウン
（轟嗡嗡）
黑油、黑煙覆蓋的老朽城鎮!!
累壞又醜陋的大人們!!
我們要加以否定!!
否定「大人」那種醜陋的生物!!
我們光俱樂部，
才是螢光町燃起的希望之光。

帶給我們希望的機械，
總算要迎接甦醒之時了!!
Zera，可是，
你還沒給我們燃料相關的指示!!
燃料？
我早就讓它吃了啊。

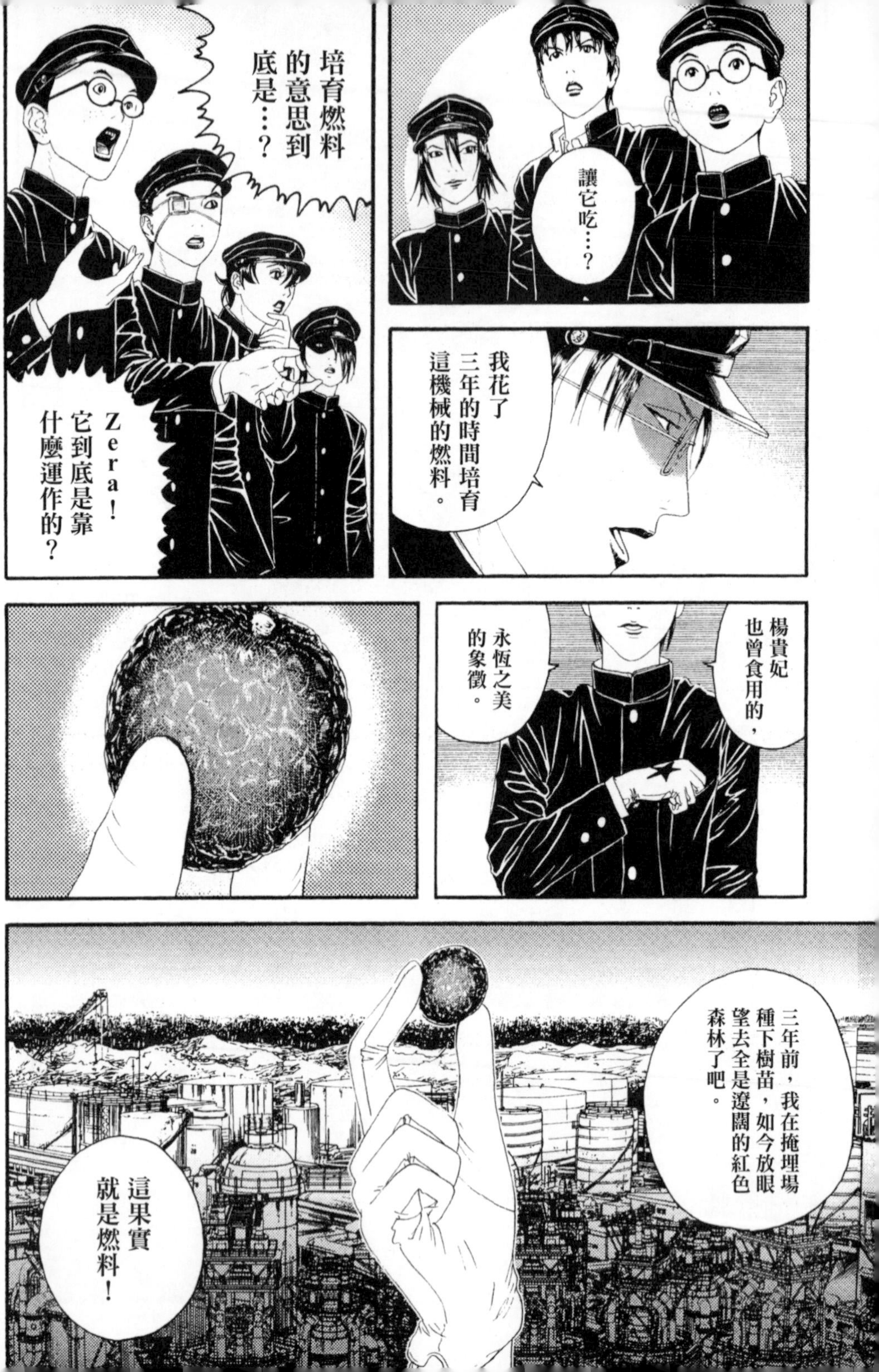
讓它吃…？
培育燃料的意思到底是…？
我花了三年的時間培育這機械的燃料。
Zera！它到底是靠什麼運作的？
楊貴妃也曾食用的，
永恆之美的象徵。
三年前，我在掩埋場種下樹苗，如今放眼望去全是遼闊的紅色森林了吧。
這果實就是燃料！

荔枝……？
ドン
荔枝是燃料!?
怎麼能讓我們的可愛機械喝什麼油呢？
我說得對吧？
Litchi…
Li Li Litchi
Li Li Li Litchi
（唰）

電算機，輸入它的名字!!
「Litchi」!!

荔枝!?
荔枝!!好帥啊!!
那麼，我要登錄它的名字了。
Litchi
Litchi
Li
tch
i
所有情報都是靠這台電算機輸入的!!
荔枝的內部程式會自動操縱它的行動，不過也可以把這電算機當作遙控器。
上頭0到9的數字，
將會為荔枝注入生命。

我自認將荔枝的程式寫得相當高端。
它是「會思考的機器」，能夠分析語音的意義，採取相應行動。
電算機，你真厲害啊！
沒有啦，多虧Zera設計的電腦有很快的處理速度。
我親你一下。
不，這要多虧電算機優異的工作表現。
Zera。
這也超出我的預測範圍。
那麼，電算機，按下啟動數字吧！
那就是，
666

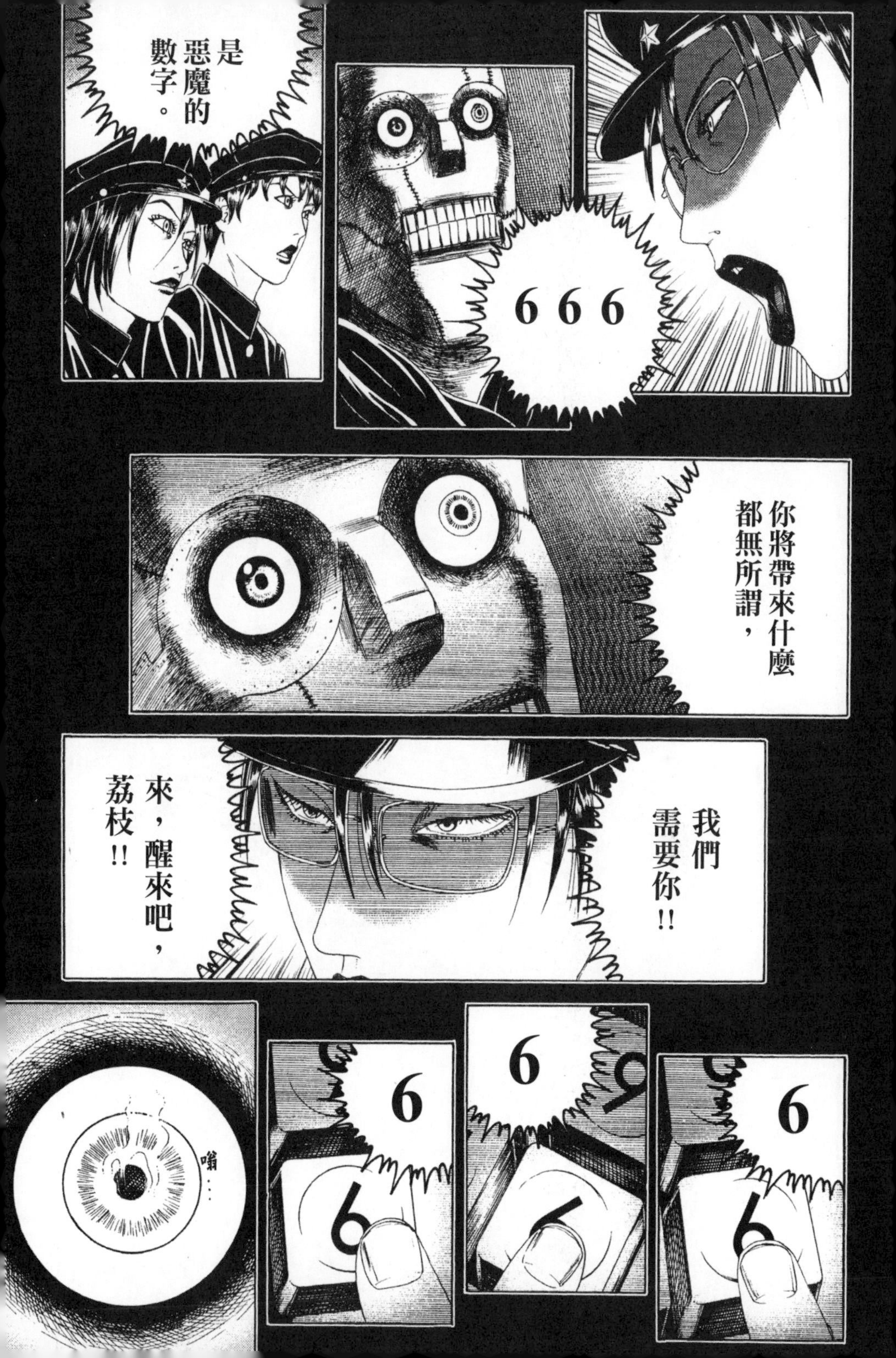

666
是惡魔的數字。
你將帶來什麼都無所謂，
我們需要你!!
來，醒來吧，荔枝!!
6
6
6
嗡…

ガヴ
ガヴ
ガヴ
ガヴ
ガヴ
(嘎嘎嘎嘎嘎)
ガヴ
ガヴ
ガヴ
ガヴ
醒過來了耶！
我們的荔枝!!

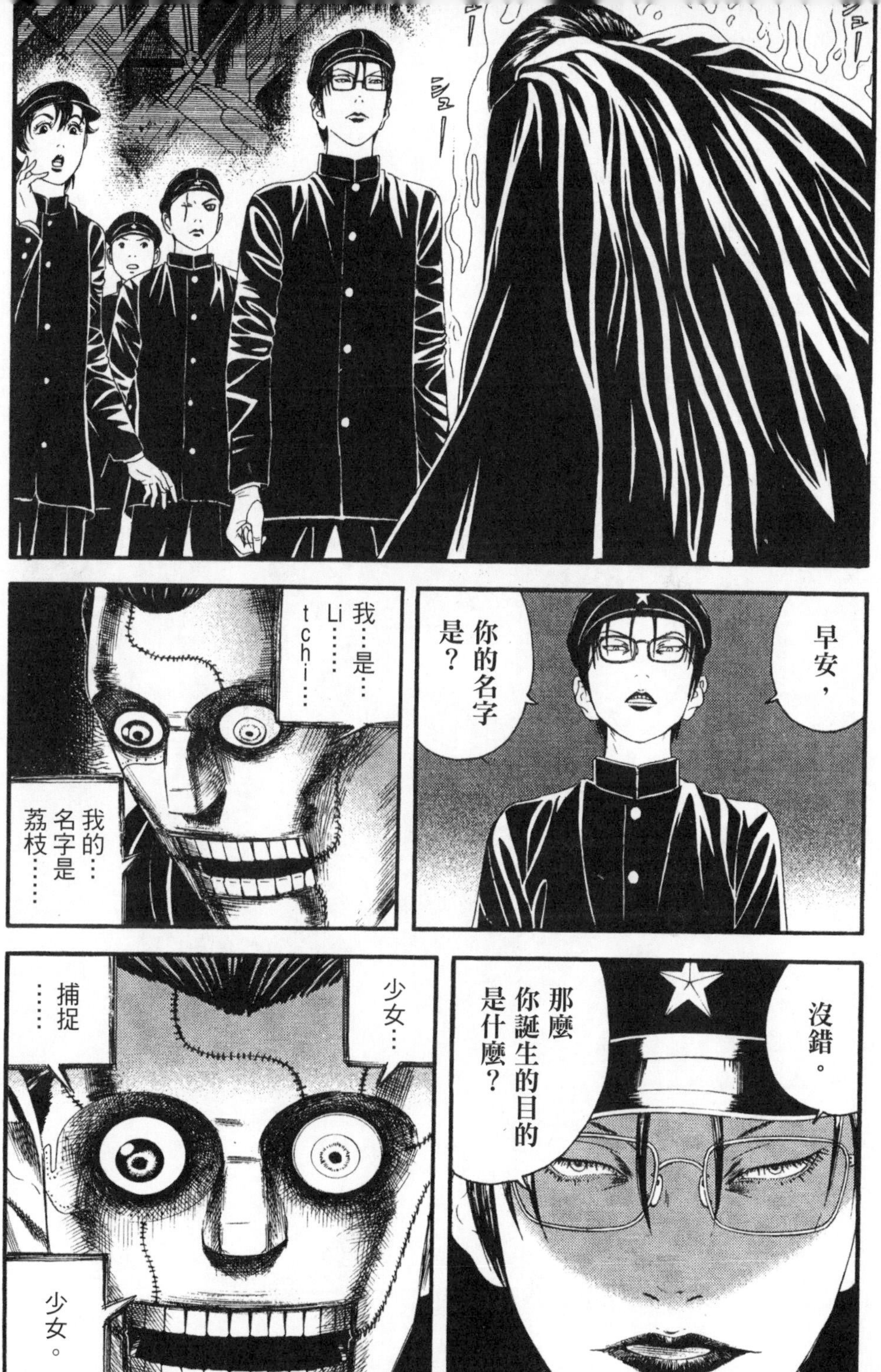
(咻——咻——咻——)
早安，
你的名字是？
我…是…Li……tchi……
我的…名字是荔枝……
沒錯。
那麼你誕生的目的是什麼？
少女…
……捕捉
少女。

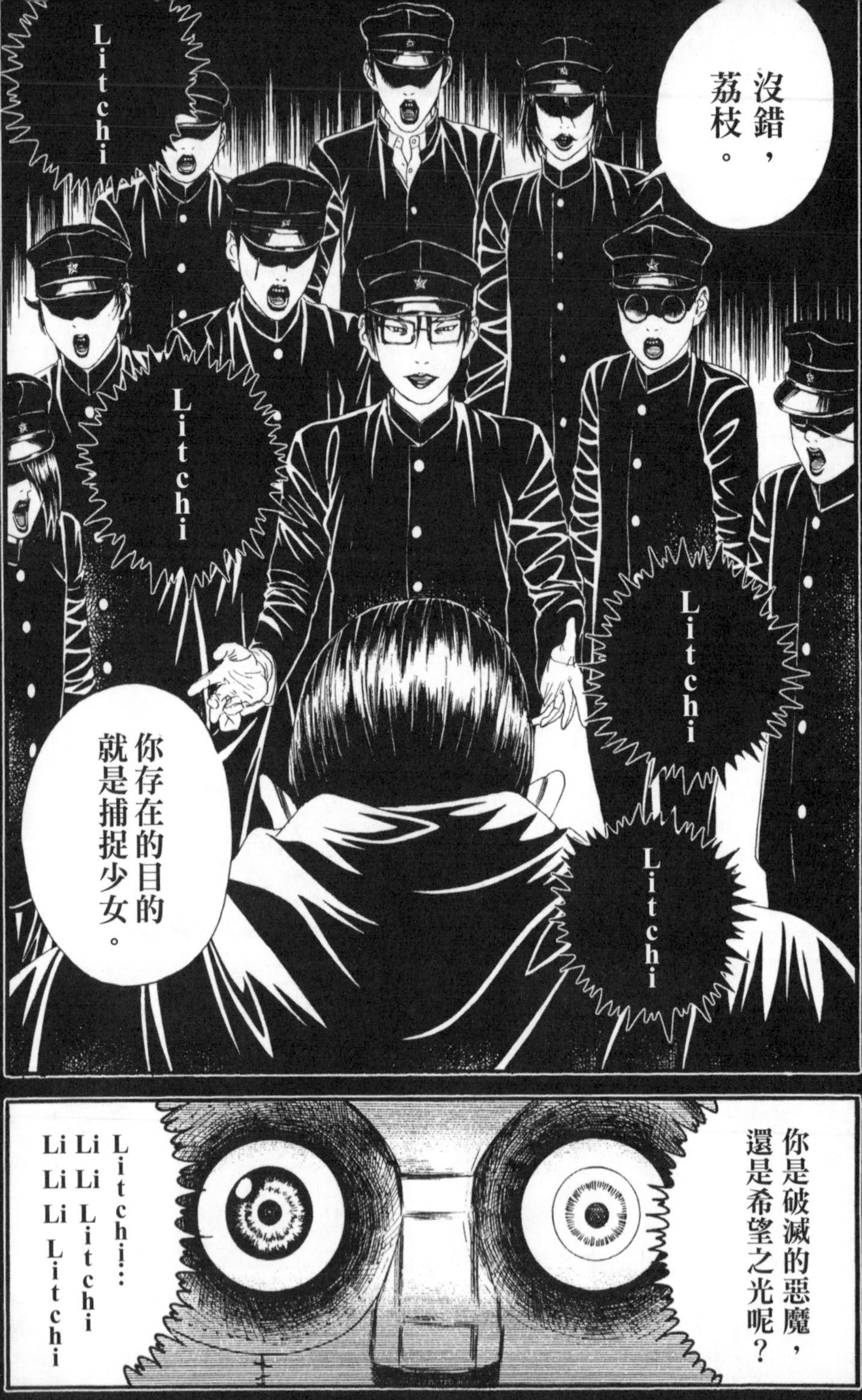
沒錯，荔枝。
Litchi
Litchi
Litchi
Litchi
你存在的目的就是捕捉少女。
你是破滅的惡魔，還是希望之光呢？
Litchi…
Li Li Litchi
Li Li Li Litchi

第三話 少女☆降臨
我的名字是荔枝。
我存在的目的是捕捉少女…

（嗡）
ブォン
啪
嚓
啪
嚓
啪
啪
嚓
步行狀況良好。
各部位機能正常。
認識外部機能正常。
Zera，運作狀況確認完畢了。

好厲害呀～真的看得到我嗎？
這好猛啊…
欸，荔枝，你知道我是誰嗎？
尼
可
哇哈。
太棒了～好厲害!!
帥啊～～!!
你說得出所有人的名字嗎？
雷藏
答、對啦～
金田
喔喔。
佃犬
請多指教啊，荔枝。
雅各
真希望你在這關頭出個錯呢。

電算機
你要是忘了我，我會哭喔～
田宮
呃…嗯。
Jaibo
呀哈。
Zera
歡迎來到光俱樂部。

荔枝
夢之機械降臨於光俱樂部了呀!!
Litchi!
Litchi!
Litchi!
Litchi!
Litchi!

你的存在目的是？
捕捉。
捕捉少女。
沒錯，荔枝。
你要把美麗的少女帶到這裡來!!
螢光町中心的地圖情報都已經輸入到荔枝裡面了。
要立刻採取行動也沒問題!!
等一下~~
在那之前，我要解釋一下這個。

這是本天才雷藏製作的捕捉用面具。
這「小貓面具」裡面泡滿了安眠藥，戴上的人都會沉沉睡去唷!!
雷藏，這玩意兒還真原始耶。
ゲラゲラ
哎呀，真沒禮貌呢！
這是最有效的啊！
（哈哈嘿嘿）
那麼，荔枝。
你去吧。
ゴゴン
（咚隆）
好大……

（咚 隆）
ゴン
ゴン
荔枝，拜託你囉！
欸，女孩子的味道像什麼啊？
你們別急嘛，馬上就會知道了。
我、我覺得應該是像紅豆…
各位，
荔枝才剛出生。
不學習就無法取得好結果。
ゴウン
ゴウン
ゴウン
（轟嗡嗡）

天空。
ゴン
電線桿。
鐵絲網。
ゴッ
車。
ゴン
ゴン
輪胎。
工廠。
煙囪。
少女。
少女。
發現少女。
Zera…Zera。
荔枝回來了!!
手上捧著東西!
荔枝真強大啊!!
咦，那麼快!?

ゴゴン
（咚隆，咚咚隆）
ゴゴゴン
ゴゴン
（咚隆）
搖擺
少女…
不對啦～
這不是少女，也不美麗呀～
荔枝，你要找活生生的少女啦!!

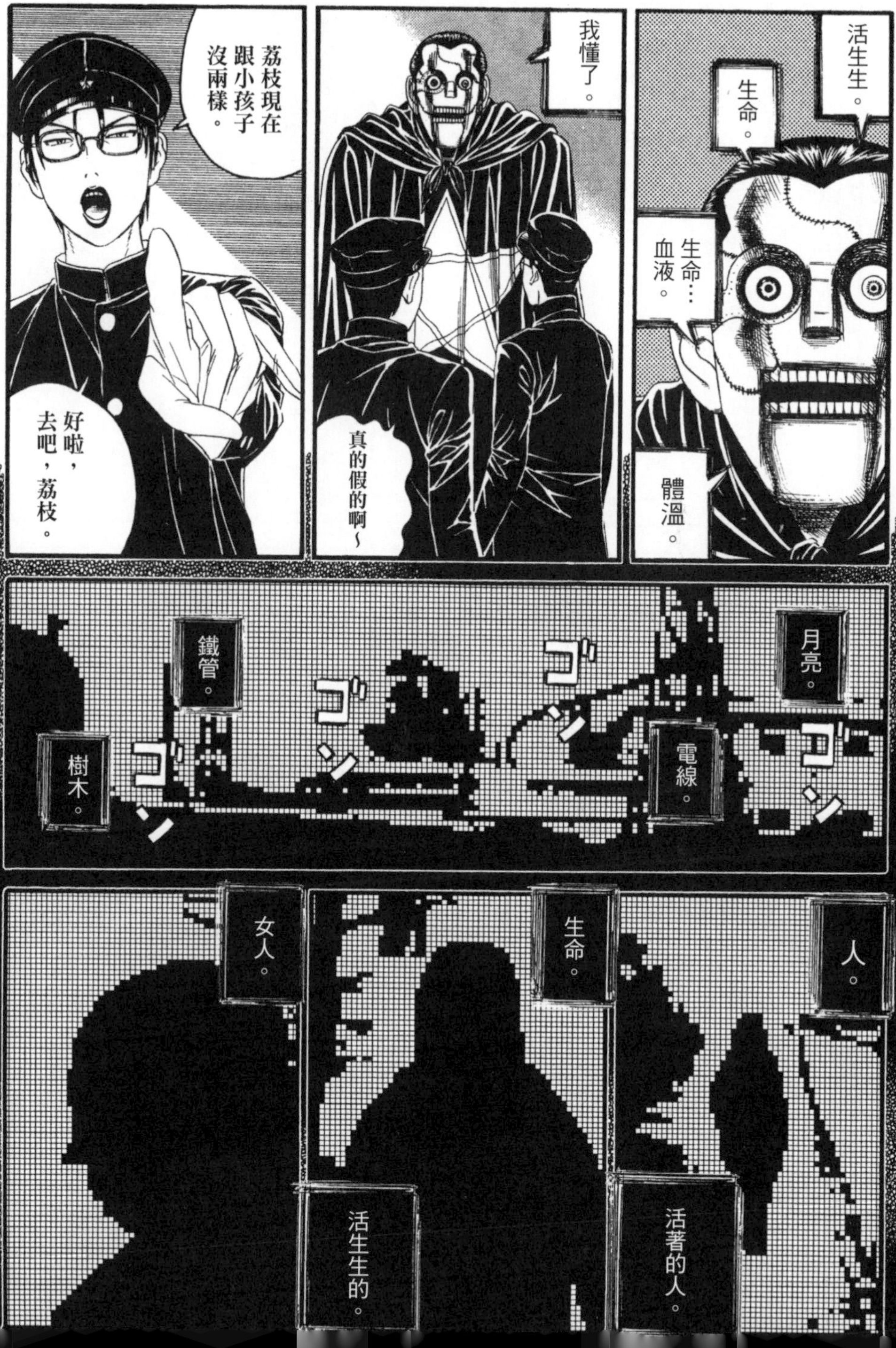
活生生。
生命。
生命……血液。
體溫。
我懂了。
真的假的啊~
荔枝現在跟小孩子沒兩樣。
好啦，去吧，荔枝。
月亮。
ゴン
電線。
ゴン
鐵管。
ゴン
樹木。
ゴン
（咚隆隆隆）
人。
活著的人。
生命。
活生生的。
女人。

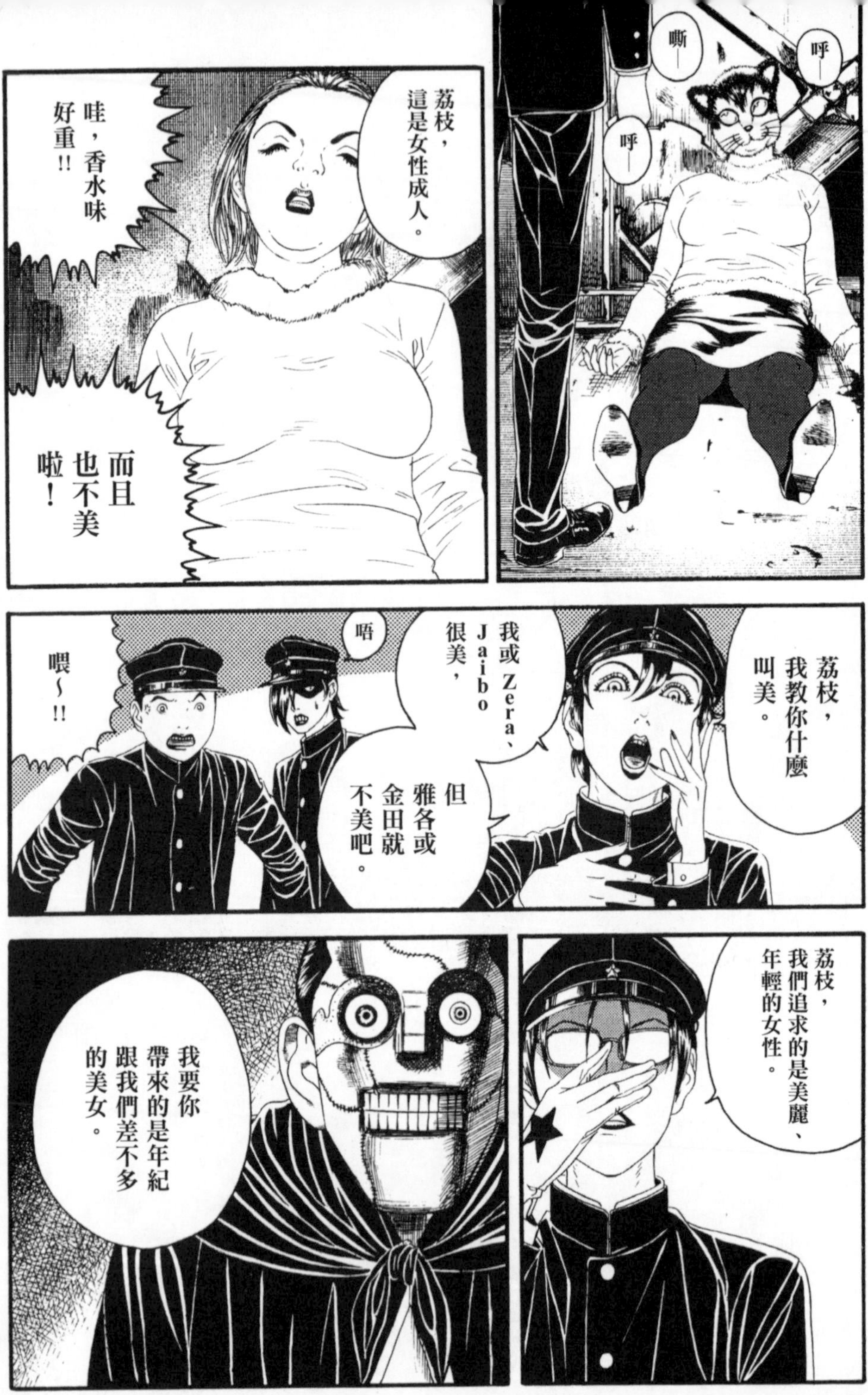
嘶—
呼—
呼—
荔枝，這是女性成人。
哇，香水味好重!!
而且也不美啦！
荔枝，我教你什麼叫美。
我或Zera、Jaibo很美，
但雅各或金田就不美吧。
唔
喂~!!
荔枝，我們追求的是美麗、年輕的女性。
我要你帶來的是年紀跟我們差不多的美女。

嘶──
呼──
呼──
嘶──
嘶──
呼──
嘶──
呼──
荔枝，我們給你時間。
你必須學習何謂美。

ドサ
（咚沙）
來，荔枝。
接下來是這些。
這是波提且利的畫集喔。
這是前拉斐爾派。
這是維也納幻想寫實派，這是…
「美的定義」是什麼？
美、美就是…那個吧。
平……平衡吧？
顏色、柔軟的曲線之類的…？
平衡、顏色和曲線。
我懂了。
呃啊~~~感覺它絕對搞錯了。
行不通的。

教機械理解美根本是不可能的呀！
人類有感情，所以才能理解美啊！
這步如何啊，金田！
投降嗎？
Zera也挺笨的嘛。
田…田宮同學。
唔……
兵走到這。
Zera！
金田，我代替你上場。
主…
主教到這裡。

皇后來這。
那我的城堡來這。
兵走。
主教走。
真行呢，田宮同學。
沒辦法了⋯
騎士來這。
啊。
接下來，我會以騎士和主教，
雙將。
Zera好厲害。
看樣子只能逃了。
好啦，田宮，你要怎麼辦？

皇后
走這裡!!
（喀）
兵
將死國王。
你被步兵
殺死了。
看來你是
因為情感激昂，
無法冷靜判斷呢。
贏法
明明有
三十九種…
遺憾，
真是遺憾啊。
田宮，
你這樣
還配當…

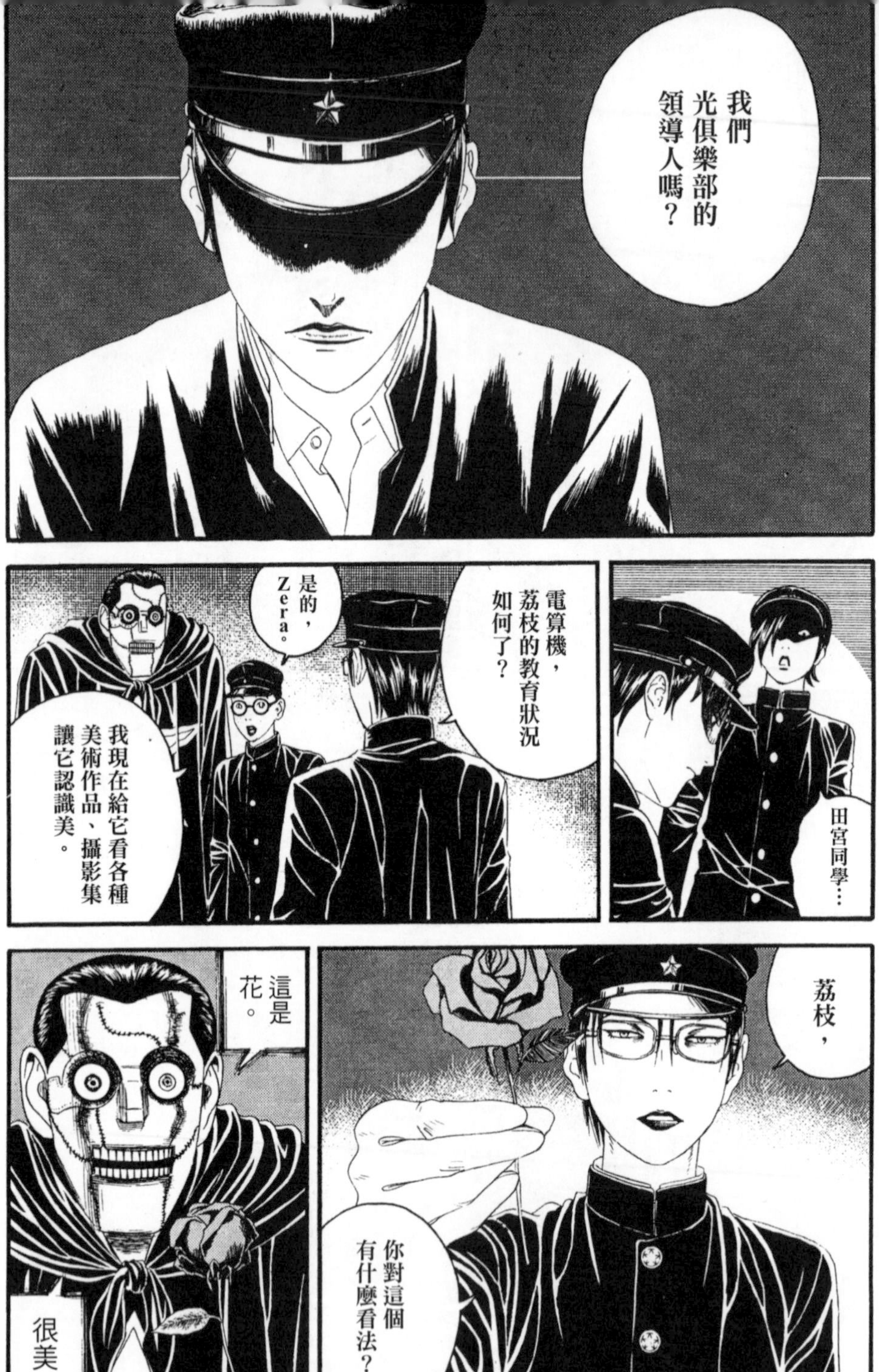
我們光俱樂部的領導人嗎？
田宮同學…
電算機，荔枝的教育狀況如何了？
是的，Zera。
我現在給它看各種美術作品、攝影集讓它認識美。
荔枝，
你對這個有什麼看法？
這是花。
很美。

……
太好啦，荔枝！
那麼，那個又白又長的東西如何？
那是馬桶，
很美。
為什麼覺得美？
因為有曲線。
……

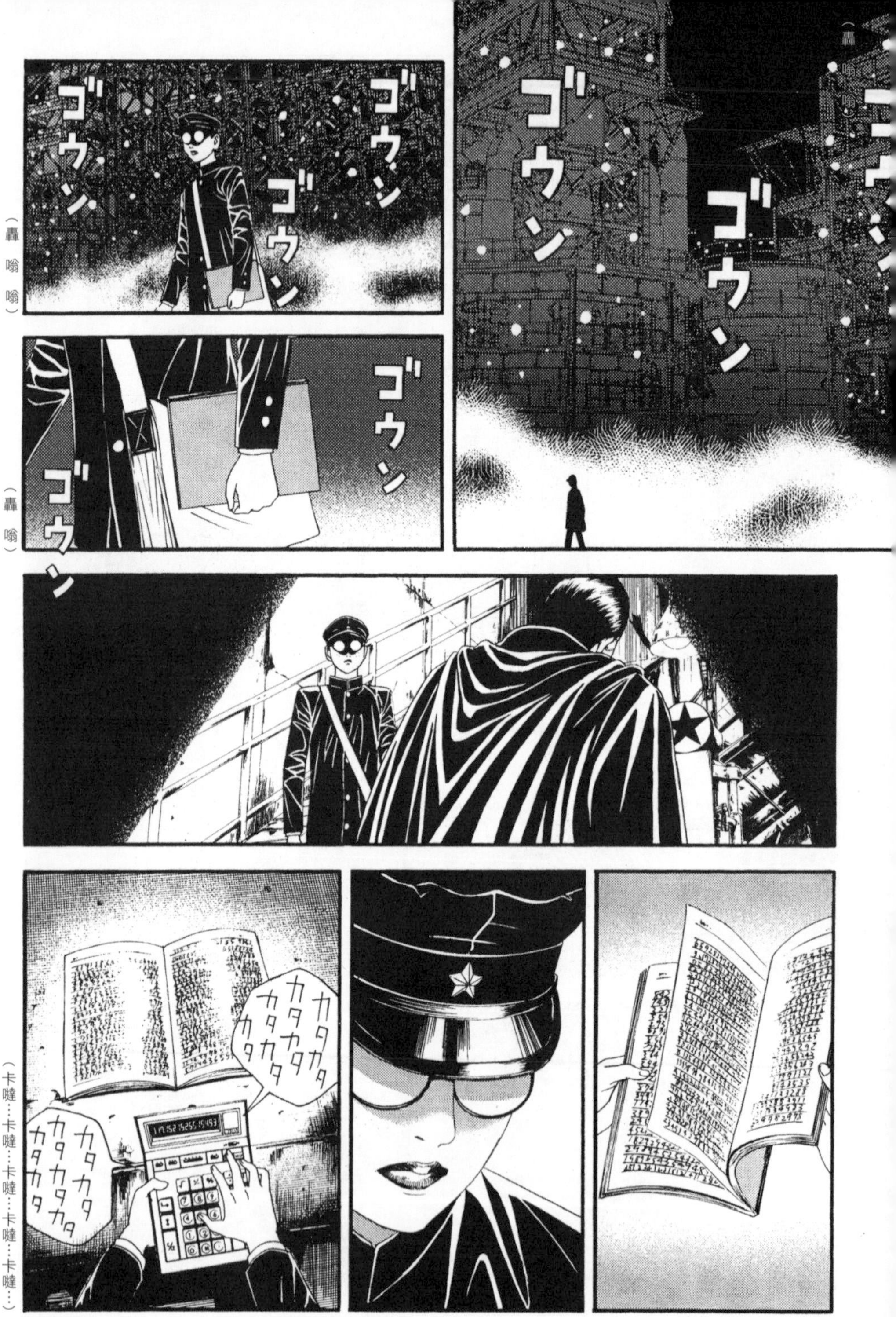
(轟嗡嗡)
ゴウン
ゴウン
ゴウン
ゴウン
ゴウン
(轟嗡嗡)
ゴウン
ゴウン
(轟嗡)
カタカタカタカタ
カタカタカタカタ
(卡噠……卡噠……卡噠……卡噠……卡噠……)

（卡噠…卡噠…卡噠…卡噠…卡噠…）
6245525 194
カタカタカタカタカタカタ
カタカタカタカタカタカタ
OFF ON
カタカタカタカタカタカタ
カタカタカタカタ
（卡噠…卡噠…卡噠…卡噠…卡噠…卡噠…卡噠…卡噠…卡噠…）
（卡噠…卡噠…卡噠…卡噠…卡噠…）
カタカタカタカタカタカタカタカタ
カタカタカタカタカタカタ
カタカタカタカタカタカタカタカタ
カタカタカタカタカタカタ
カタカタカタカタ
（卡噠…卡噠…卡噠…卡噠…）

ゴウン
ゴウン
ゴウン
ゴウン
（轟嗡嗡嗡）
ゴウン
（轟嗡）
這樣就行了…
是吉，
還是凶呢？
再次啟動！
349 152 15259 19493
666!!
嗡

嗶—！！
卡嚓
卡嚓
卡嚓
欸，
荔枝，覺得如何啊？
唉。
事情不會那麼順利嗎…
嗶
卡嚓
卡嚓

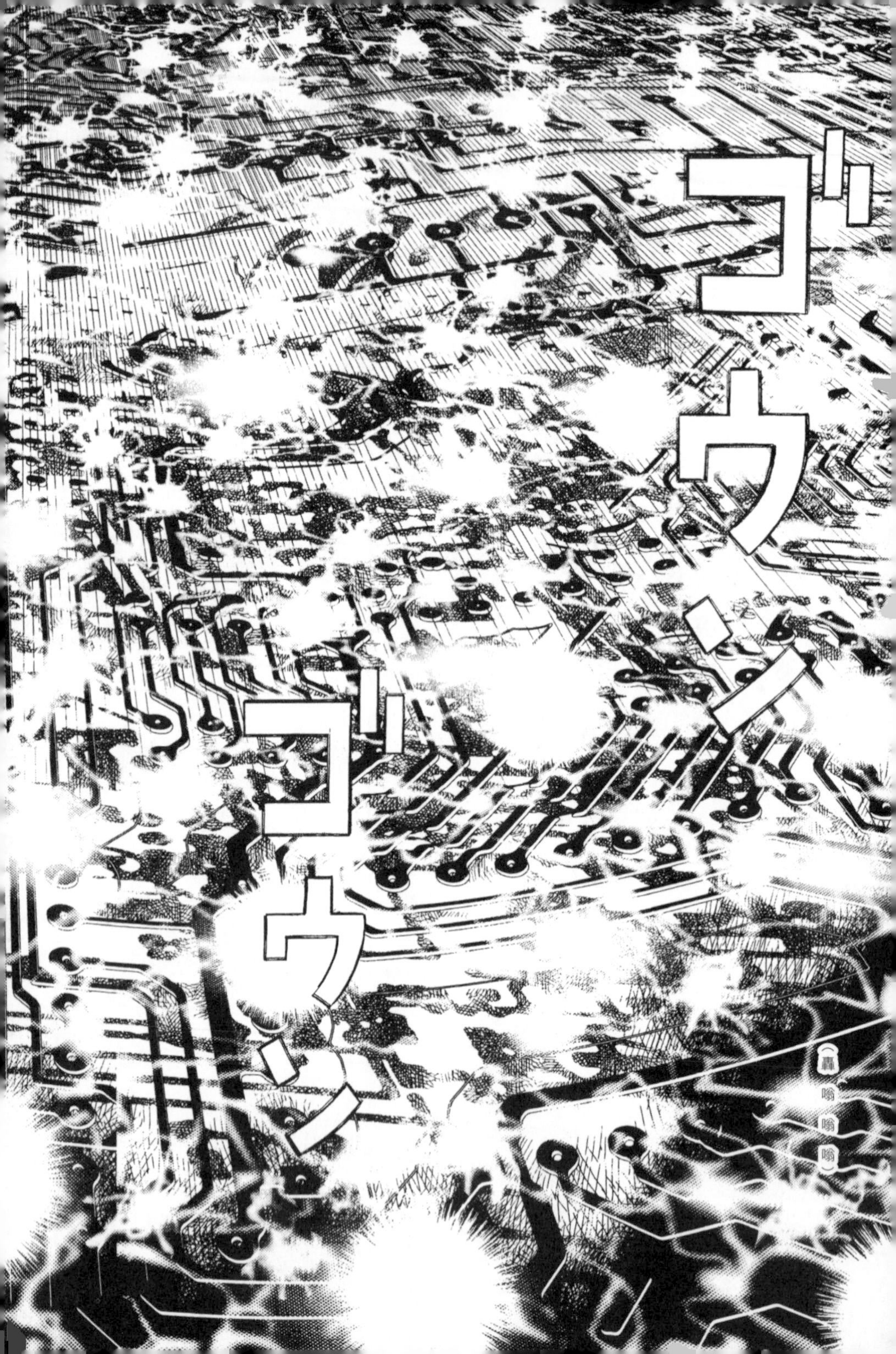
ゴウン
ゴウン
（轟嗡嗡嗡）

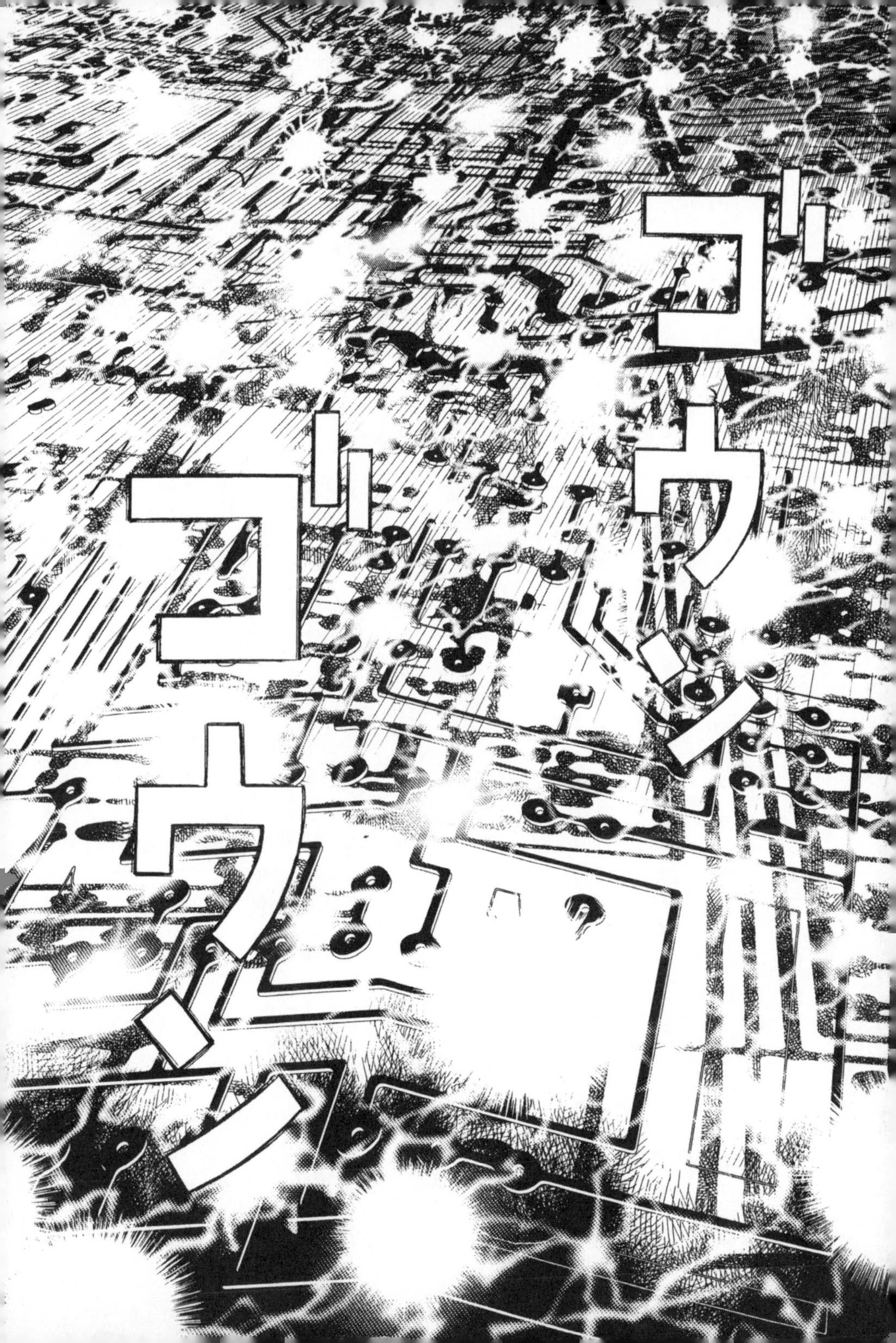
ゴウン
ゴウン

Litchi…
Li Li
Litchi
ゴウン
ゴウン
ゴウン
ゴウン
Li Li Li
Litchi
(轟嗡嗡嗡)
我們光俱樂部還沒有光，
荔枝，光要由你帶來!!
去吧，荔枝!!
ゴゴゴ
ゴゴゴ
(咚隆隆)

葉子柔軟。
工廠的煙是烏黑的。
空氣冰冷。
月亮，
好美。
荔枝回來了!!
反正一定不會順利的啦。
噓，Zera會聽到。
咚隆

ゴゴゴ

那、那是星華女中的制服!!
冷、冷靜啊!!
對…對啊，不拔掉面具還不知道。
我…
我要拿下面具囉～

呼—
多…多麼漂亮的女孩子啊…
我沒見過這樣的女生耶…
呼—
嘶—
嘶—
呼—
沒想到…會抓到這樣的女生…

荔枝，
你為什麼要帶這女孩子過來？
我認為她很漂亮。
非常漂亮。
電算機，是你做的好事吧。
在光俱樂部擅自行動，是不可原諒的行為。
呃，那個⋯⋯
我以前說過會有人背叛我，不過沒想到會是你呢。
Zera，不、不好意思。

你的背叛，
讓我感到開心喔。
不過你到底對荔枝輸入了什麼程式？
電算機，告訴我。
我輸入了一個概念。
概念…？

「我是人類」，
……這個概念。
ゴウン
ゴウン
ゴウン

欸，田宮同學，你要去哪？
來就是啦！
那邊寫著禁止進入……
立入禁止
沒關係啦！
好恐怖喔。
快點來。
佃犬，金田，你們看！
咦。

今天起，這裡就是我們的祕密基地了!!
第四話 我們的☆光俱樂部

＊ひかり（hikari），為日語中光的發音。

我們成功捕獲美麗的少女了!!
少女一號！

而且表現優異的荔枝，
之後又捉了另外三名少女來!!
Litchi
Litchi
Litchi
然而，沒有少女超越一號。
我們要小心膜拜一號，避免傷到她。

Zera，我有個問題!!
我們沒給一號之外的少女食物，這樣行嗎？
沒給就沒給啊，田宮。
可是有人已經長達三天沒進食了。
再這樣下去，她們會死的!!
別管她們，只要她們沒醒來就沒差。
再說，人死了就死了，我們也沒辦法不是嗎？

啥……
一號，尼可。
我們對一號少女有什麼了解？
是的，Zera，這個嘛……
我照你吩咐每天準備吃剩的營養午餐給她，
可是她一直沉睡著，
拿下面具也沒醒來。
她是星華女中的，所以討厭螢中的營養午餐啦。
雷藏！你是不是安眠藥放太多了？
會不會是裝睡啊？
才沒有呢～～

嘿咻，我來搔她癢，叫醒她。
雅各。
抖
我討厭，
那種玩笑。
抱抱歉、…
雷藏，
今天起，你要每天幫一號擦頭髮和臉。
至於其他人，
絕對不准觸碰她，
更不能將她視為性欲對象。
現在開始，這王座就是一號的了。
美之女神降臨到我們光俱樂部了！

ゴウン
ゴウン
ゴウン
（轟嗡嗡）
哇，
好漂亮的頭髮呢～～
總覺得難以置信呢，女孩子離我們這麼近…
我們學校畢竟是男校啊。
真厲害啊，不愧是Zera。
欸…欸，雷藏，換我擦一下嘛。
不、不行啦～
我…我也想。
Zera說什麼，你們都要照辦啦!!
Zera說一就是一。
真的嗎？

失去主見是不行的，尼可。
田宮!?
來，吃吧。
嗯…
田宮，你這傢伙。
Zera不是說什麼都別給那三個女孩子嗎!!
來，你也吃吧。
田宮！
這件事我會告訴Zera！

尼可，這樣是不對的。
錯的是你……
這根本…
這根本不是光俱樂部……
嗚
嗚
嚼
嚼
嚼
這樣如何!!
以騎士將死國王。
哇，輸了～～～
田宮同學太強了啦～～～
你們在做什麼？

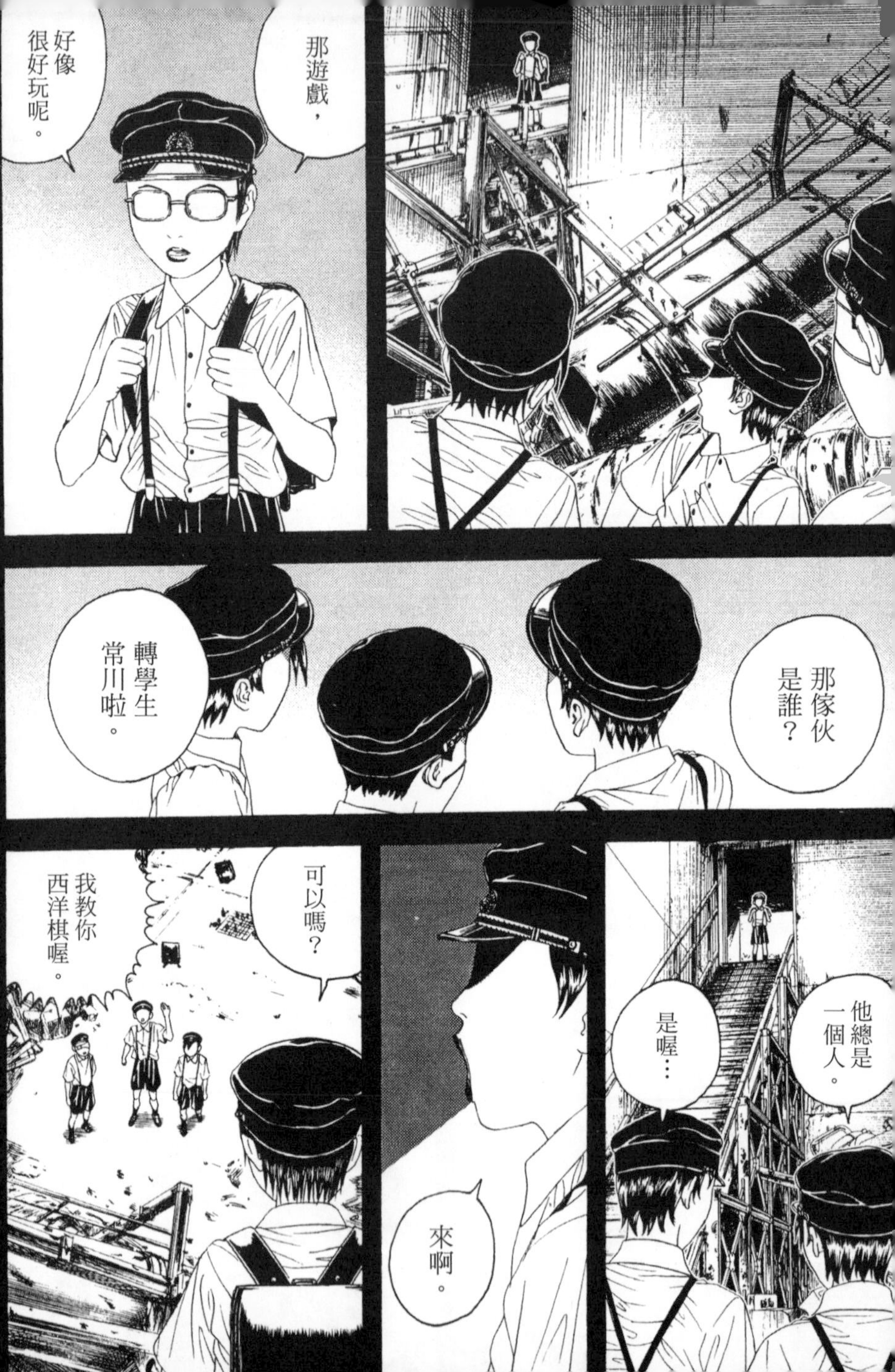
那遊戲，
好像很好玩呢。
那傢伙是誰？
轉學生常川啦。
他總是一個人。
是喔…
來啊。
可以嗎？
我教你西洋棋喔。

這兩個是我死黨。
金田和佃犬。
然後呢，我是光俱樂部的領導人，
田宮。
請多指教，
田宮同學。
ゴウンゴウンゴウン
（轟嗡嗡）

田宮同學。
唷，佃犬。
過來的路上沒被看見吧？
嗯。
有什麼事？
我，
明天想放走那些女孩子。
咦？
可…可是，你要是放走她們……
不要緊。
那幾個女孩子幾乎都在睡覺，光俱樂部的存在不會走漏出去。
不…我不是要說那個。
我們會…會被Zera殺死的啊…

一想到年紀跟我們差不多的人在眼前逐漸死去，我就清醒了。
女老師那一次，我明明沒有任何感覺的…
光俱樂部是我的。
我不會再讓Zera、Jaibo或尼可為所欲為了。
我會追隨田宮同學的喔。
因為你是大家的領導人嘛。
就知道你會這樣說！
我的死黨啊！
明天中午溜出學校，然後就動手！
嗯。

ゴウン
ゴウン
ゴウン
ゴウン
（轟嗡嗡嗡）
掰囉，田宮同學。
明天見。
コッ
コッ
コッ
コッ
（叩叩叩叩）
コッ……
（叩）
明天……
嗎……
ゴウン
ゴウン
ゴウン
ゴウン
（轟嗡嗡嗡）

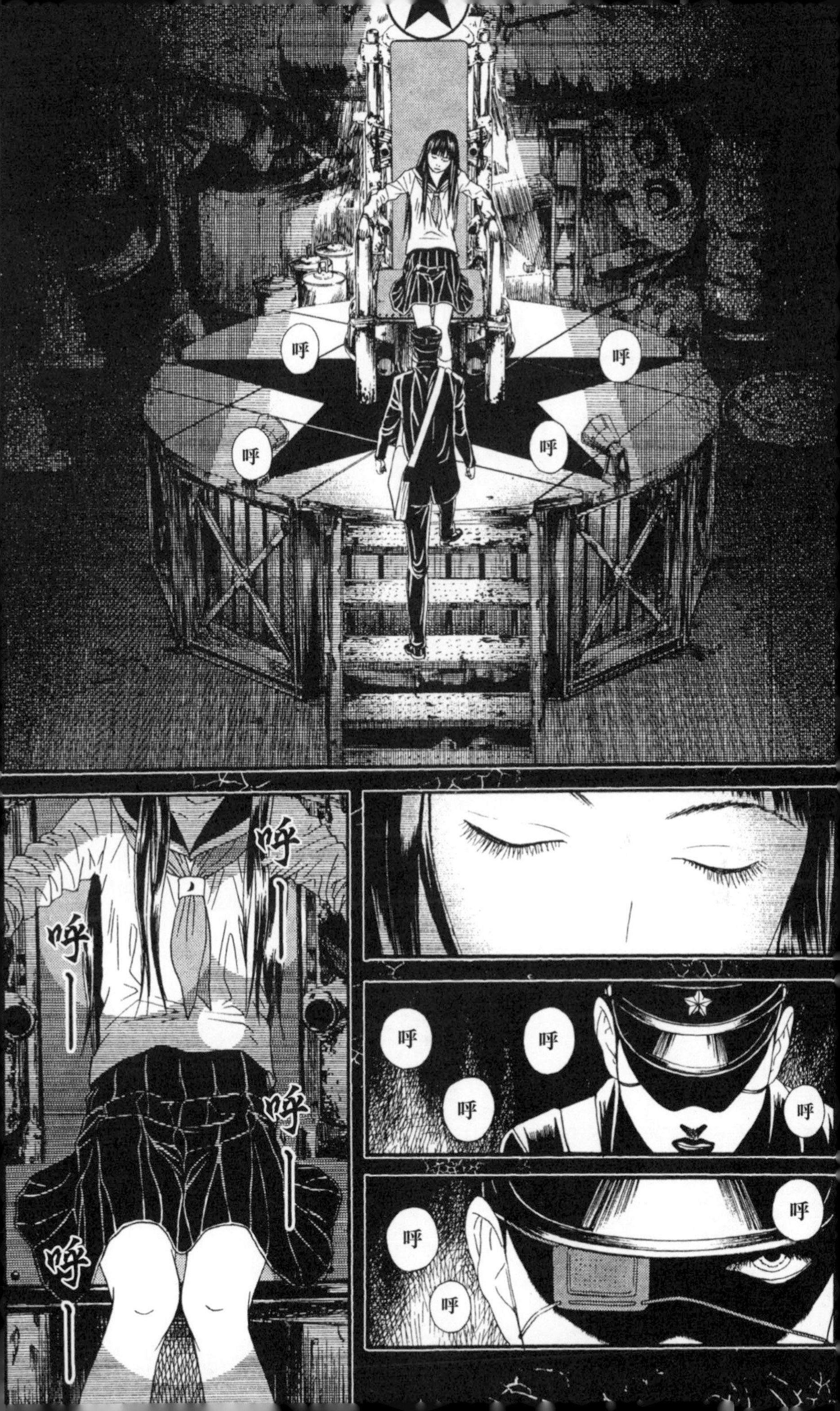
呼
呼
呼
呼
呼
呼
呼
呼
呼
呼
呼
呼
呼—
呼—
呼—
呼—

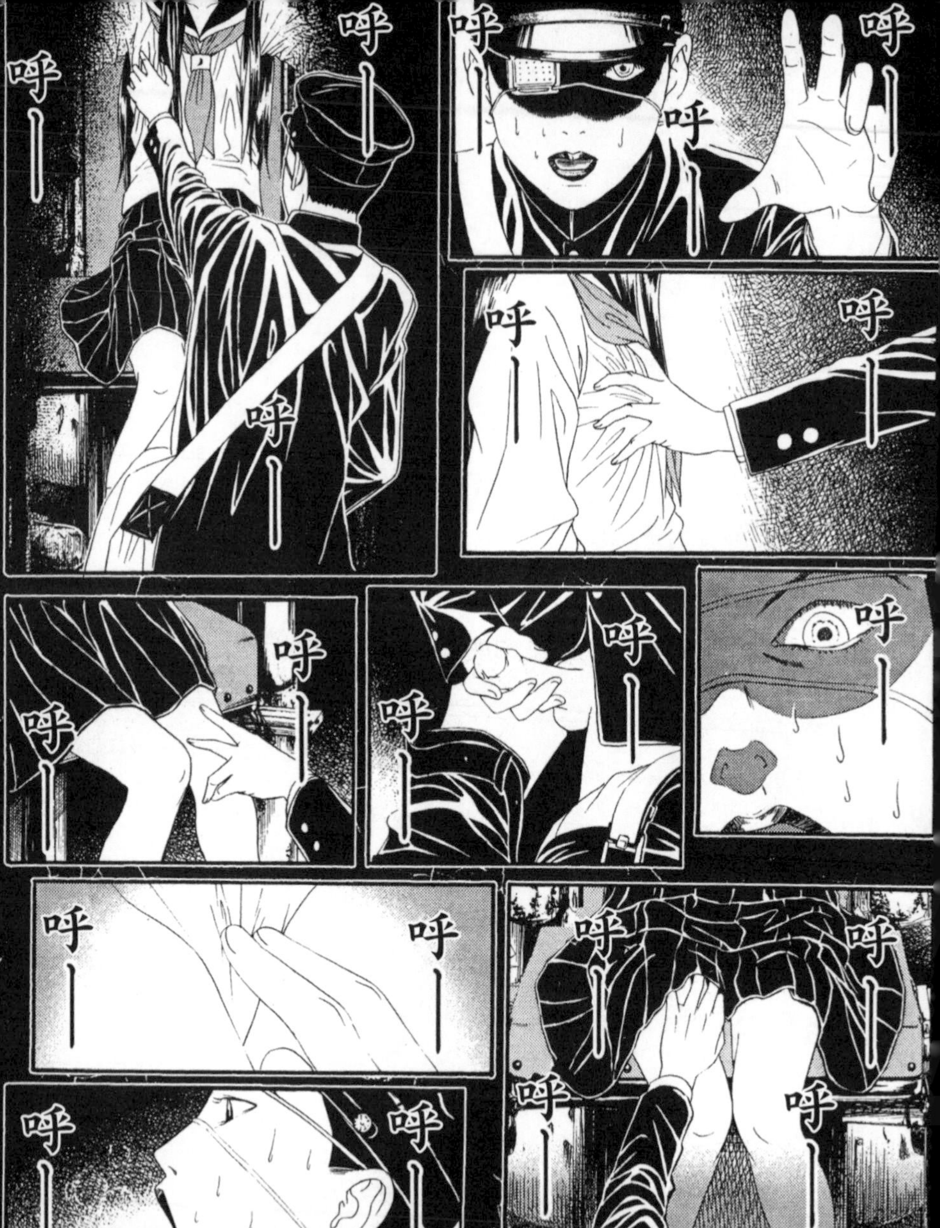
呼——
呼
呼——
呼——
呼——
呼——
呼——
呼——
呼——
呼——
呼——
呼——
呼——
呼——
呼——
呼——
呼——
呼——
呼——
呼——
呼——
呼——
呼——
呼
呼——
呼——
呼——

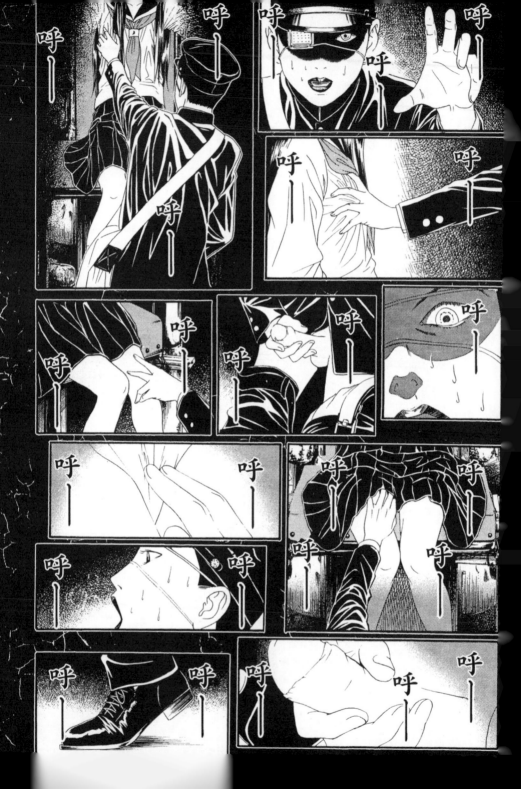

呼—
呼—
呼—
呼

被告佃犬昨晚觸碰一號，甚至進行自慰。
且未經我們許可放行三名少女，犯下重罪。
什
基於此，執行死刑!!

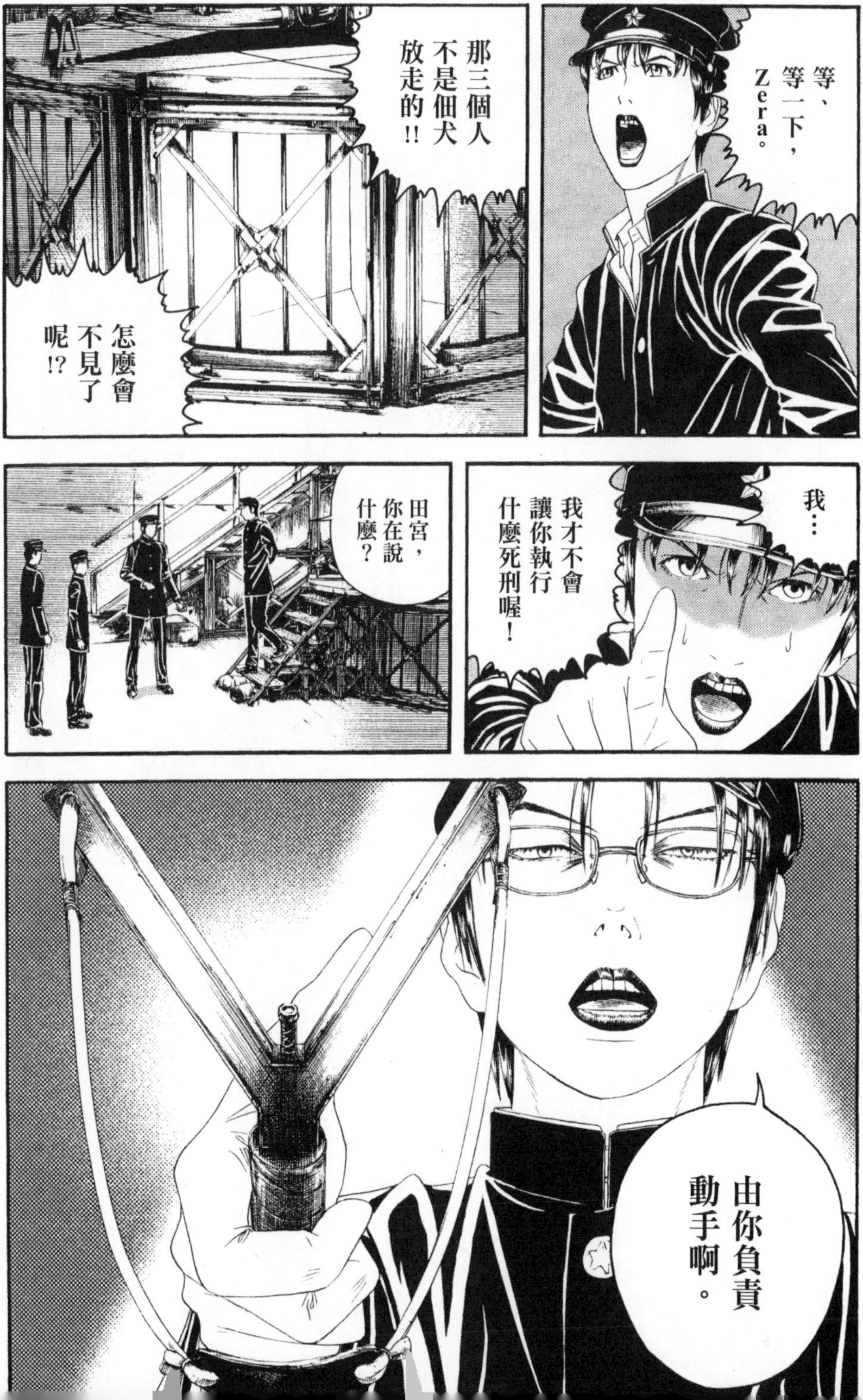
等、等一下，Zera。
那三個人不是佃犬放走的!!
怎麼會不見了呢!?
我…
我才不會讓你執行什麼死刑喔！
田宮，你在說什麼？
由你負責動手啊。

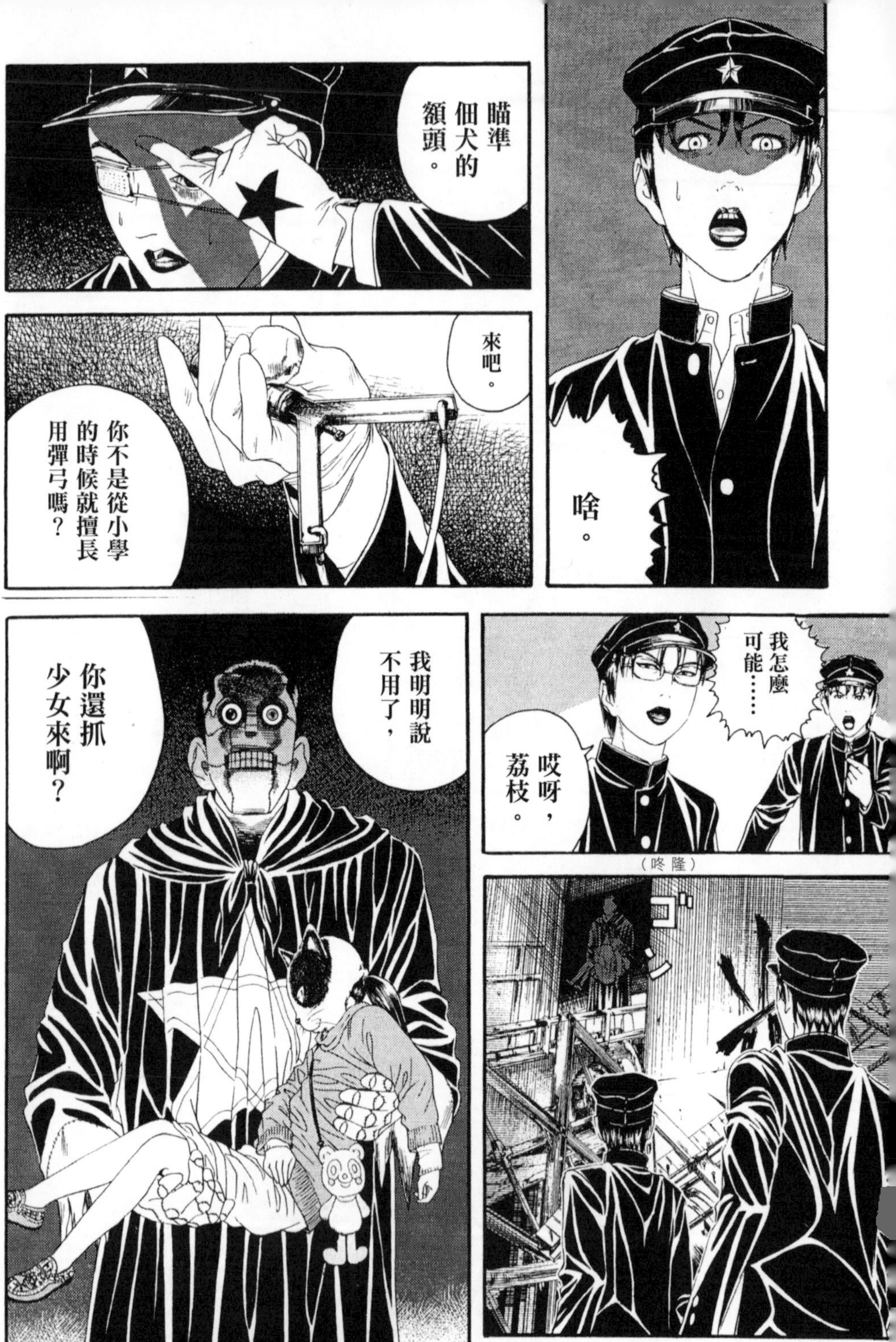
瞄準佃犬的額頭。
啥。
來吧。
你不是從小學的時候就擅長用彈弓嗎？
我怎麼可能……
哎呀，荔枝。
（咚隆）
我明明說不用了，
你還抓少女來啊？

玉…
而且還抓那麼小的孩子。
玉子!!
那不是我妹玉子嗎？
哎呀，是你妹玉子啊。
那可得把她當成蛋一般小心捧著呢。*
唔…
不過荔枝是機械，
也許會不小心打破蛋呢。
Zera…你真卑鄙啊！
卑鄙？

*日文中，「蛋」的漢字也寫作「玉子」。

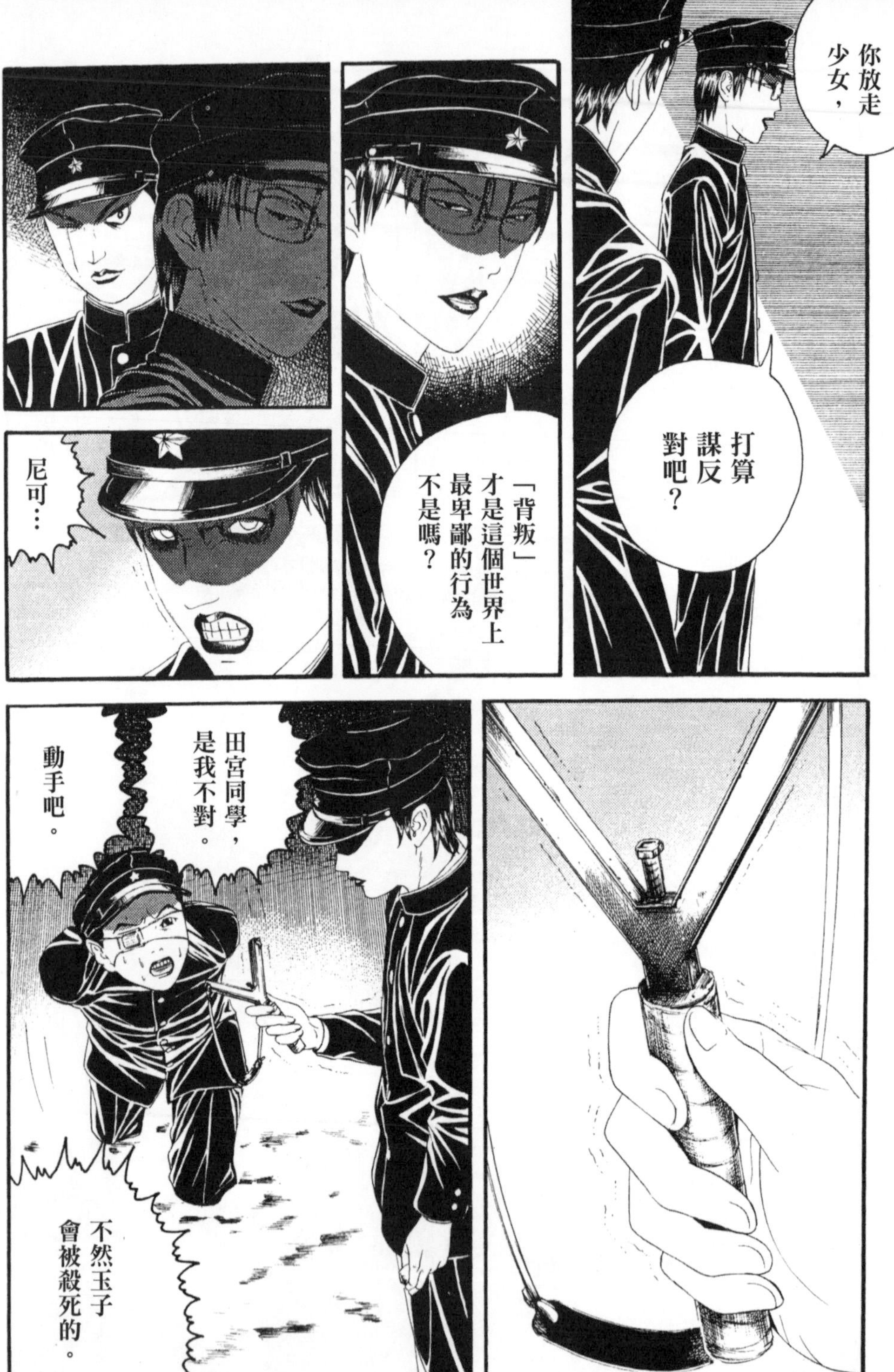
你放走少女，
打算謀反對吧？
「背叛」才是這個世界上最卑鄙的行為不是嗎？
尼可……
田宮同學，是我不對。
動手吧。
不然玉子會被殺死的。

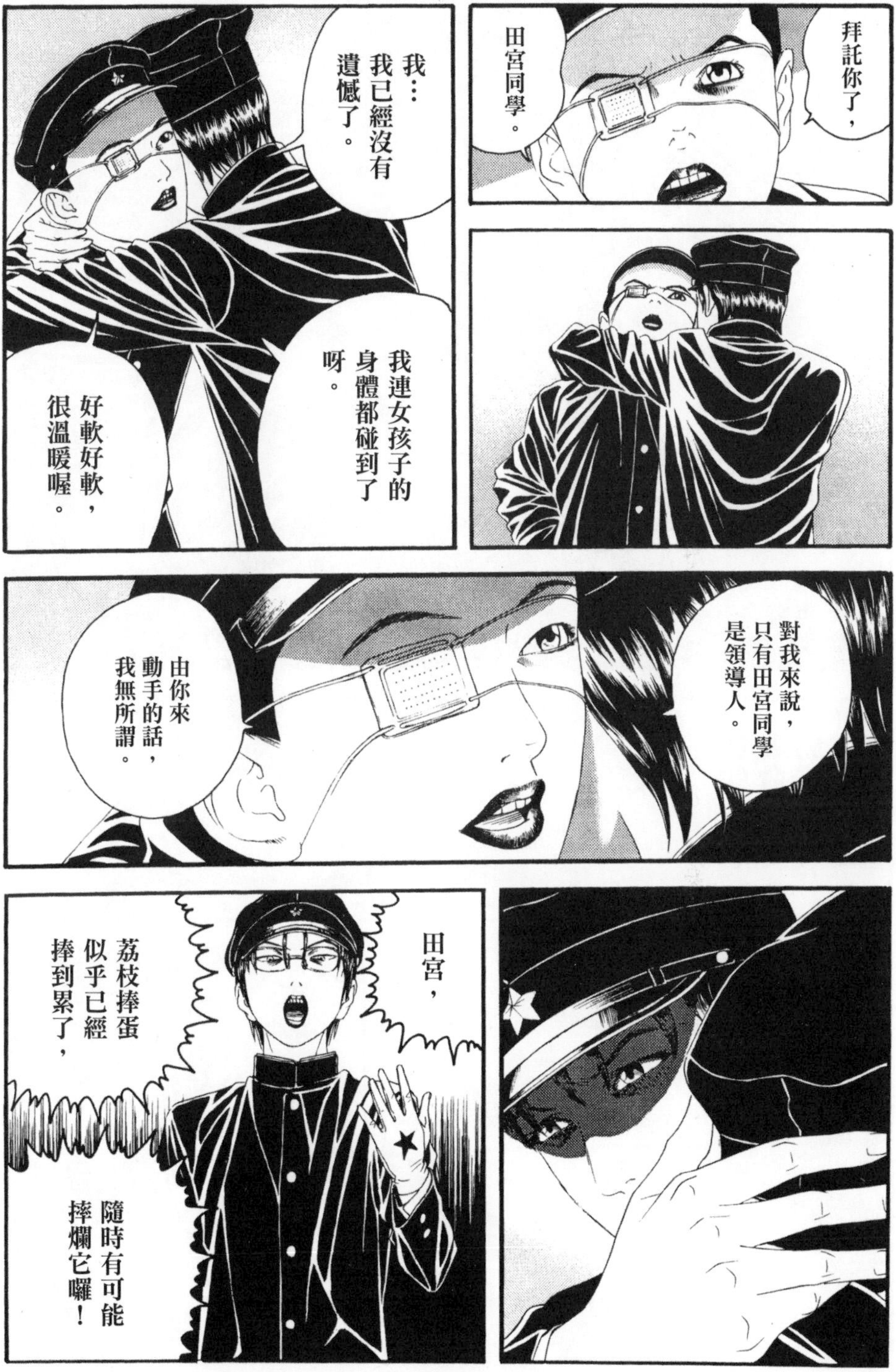

拜託你了，
田宮同學。
我…我已經沒有遺憾了。
我連女孩子的身體都碰到了呀。
好軟好軟，很溫暖喔。
對我來說，只有田宮同學是領導人。
由你來動手的話，我無所謂。
田宮，
荔枝捧蛋似乎已經捧到累了，
隨時有可能捧爛它囉！

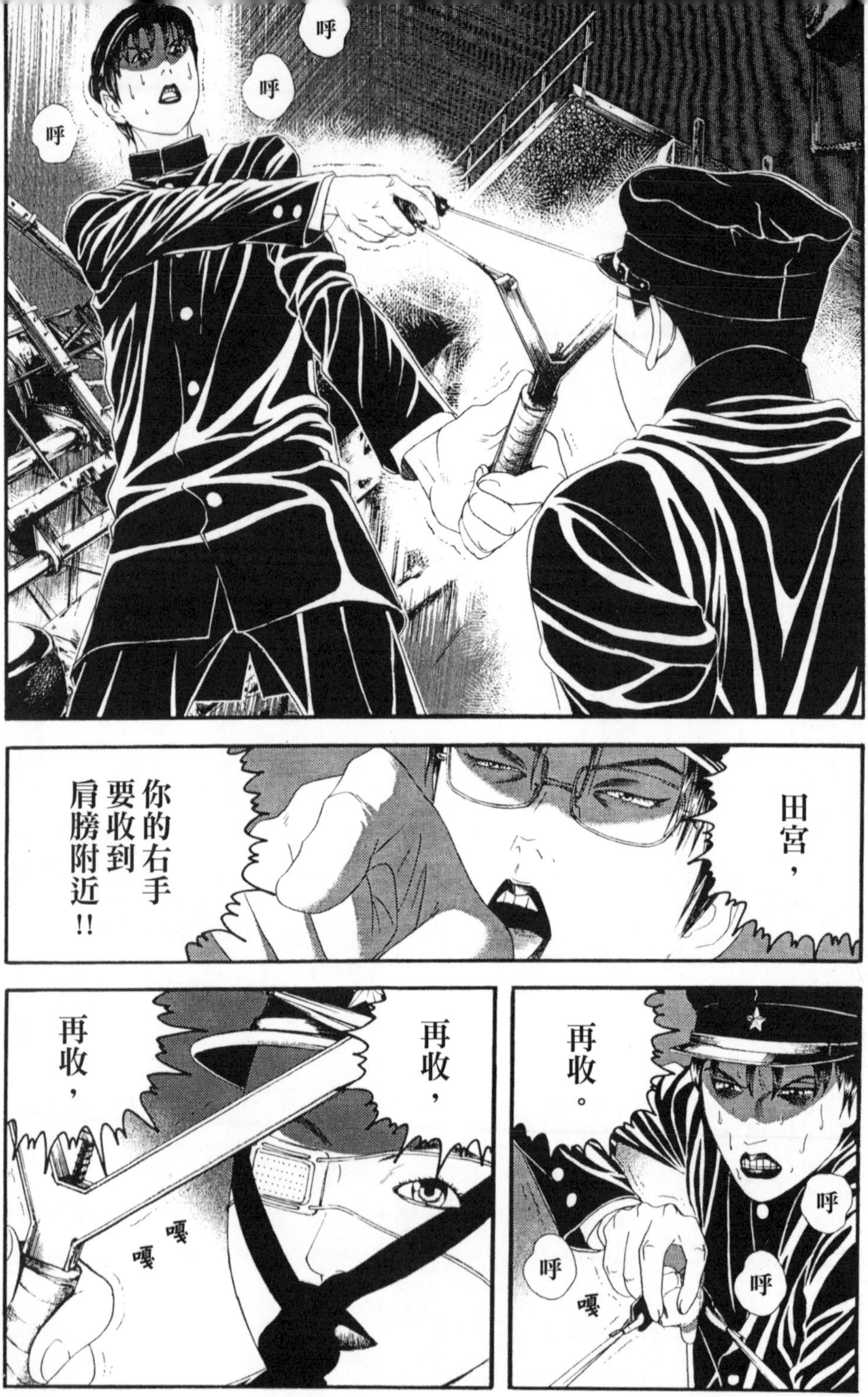
呼
呼
呼
田宮，
你的右手要收到肩膀附近!!
再收。
呼
呼
呼
嘎
再收，
再收，
嘎
嘎

*殺！殺！殺！

這是我們的光俱樂部!!

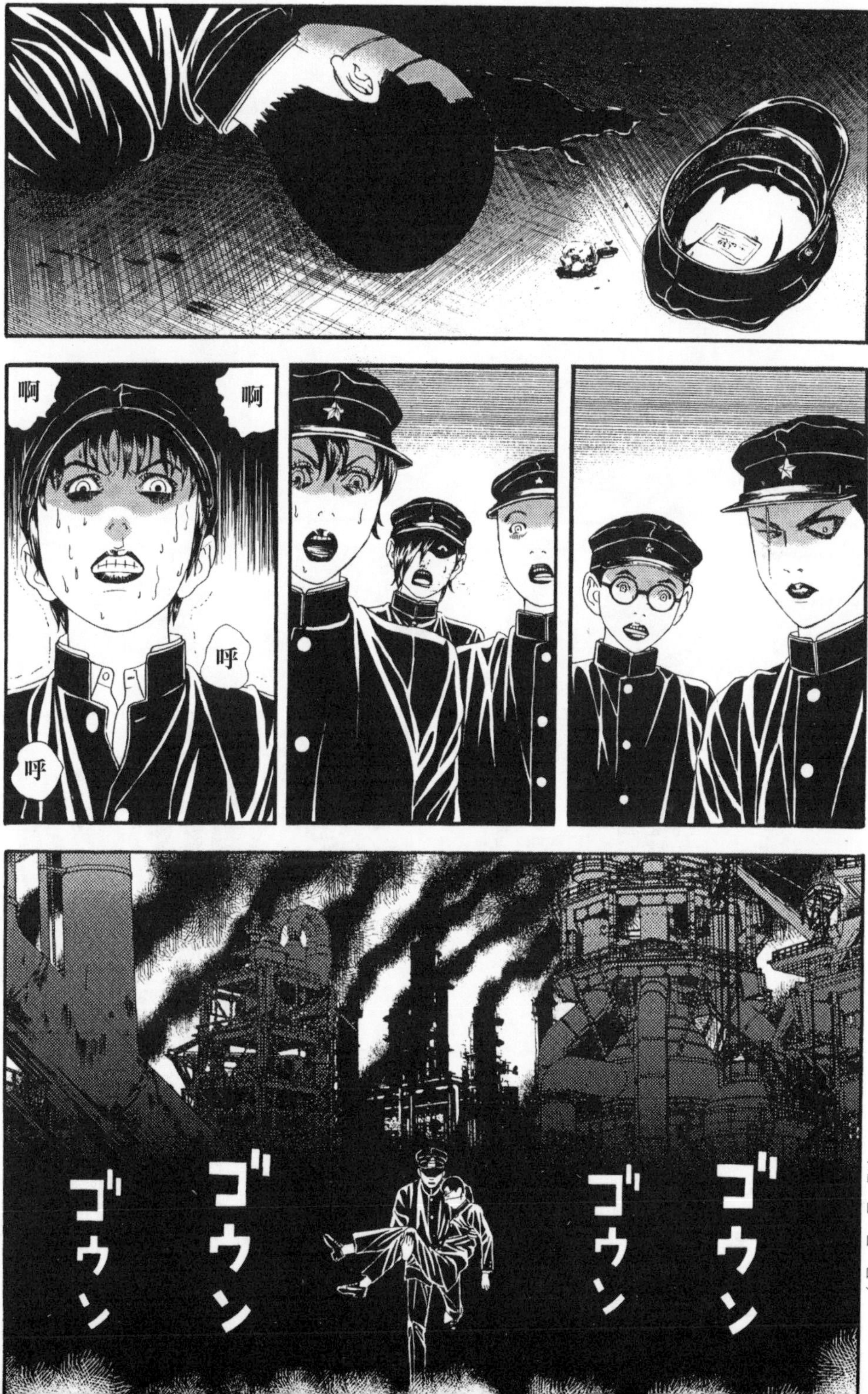

（轟嗡嗡嗡）

拜託你，別死啊佃犬。
！
玉…
玉子!!
嗚
嗚
嗚
那是…那三個女孩子！
呼—
噺—
呼—

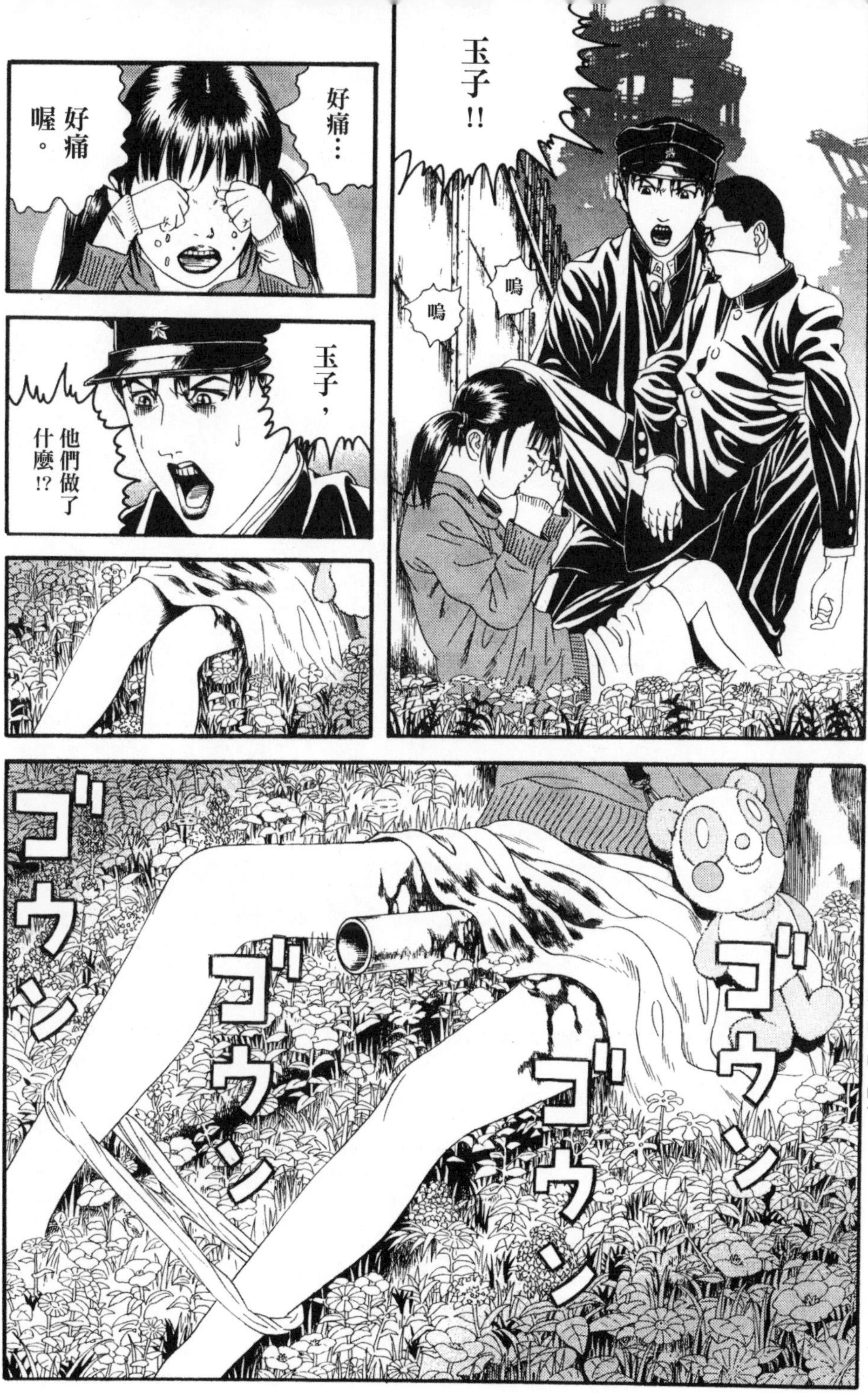
玉子!!
嗚
嗚
好痛…好痛喔。
玉子，他們做了什麼!?
ゴウン
ゴウン
ゴウン
ゴウン
(轟嗡嗡嗡)

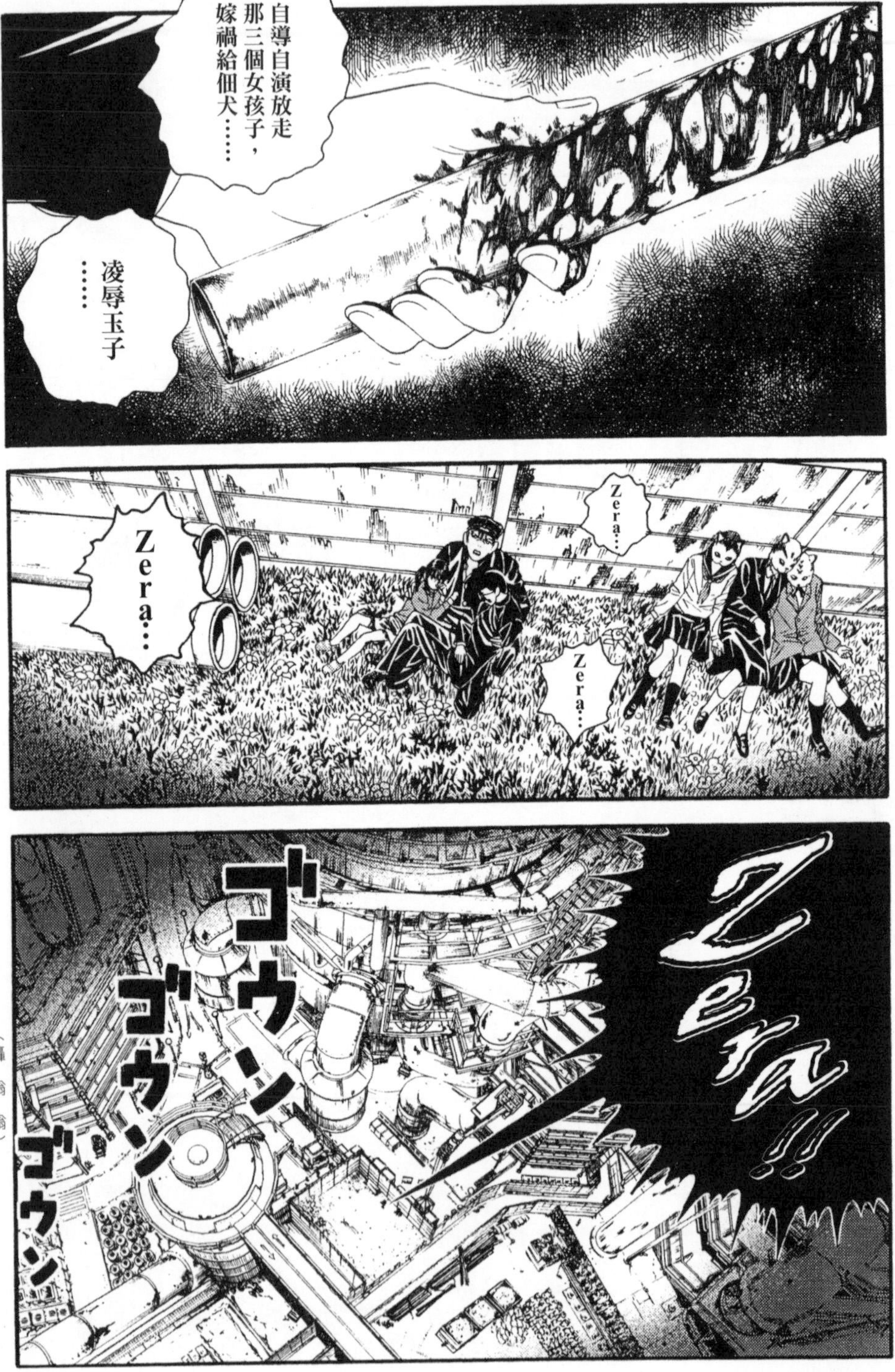
自導自演放走那三個女孩子，嫁禍給佃犬……
凌辱玉子……
Zera…
Zera…
Zera…
ゴウンゴウンゴウン
（轟嗡嗡）
Zera!!

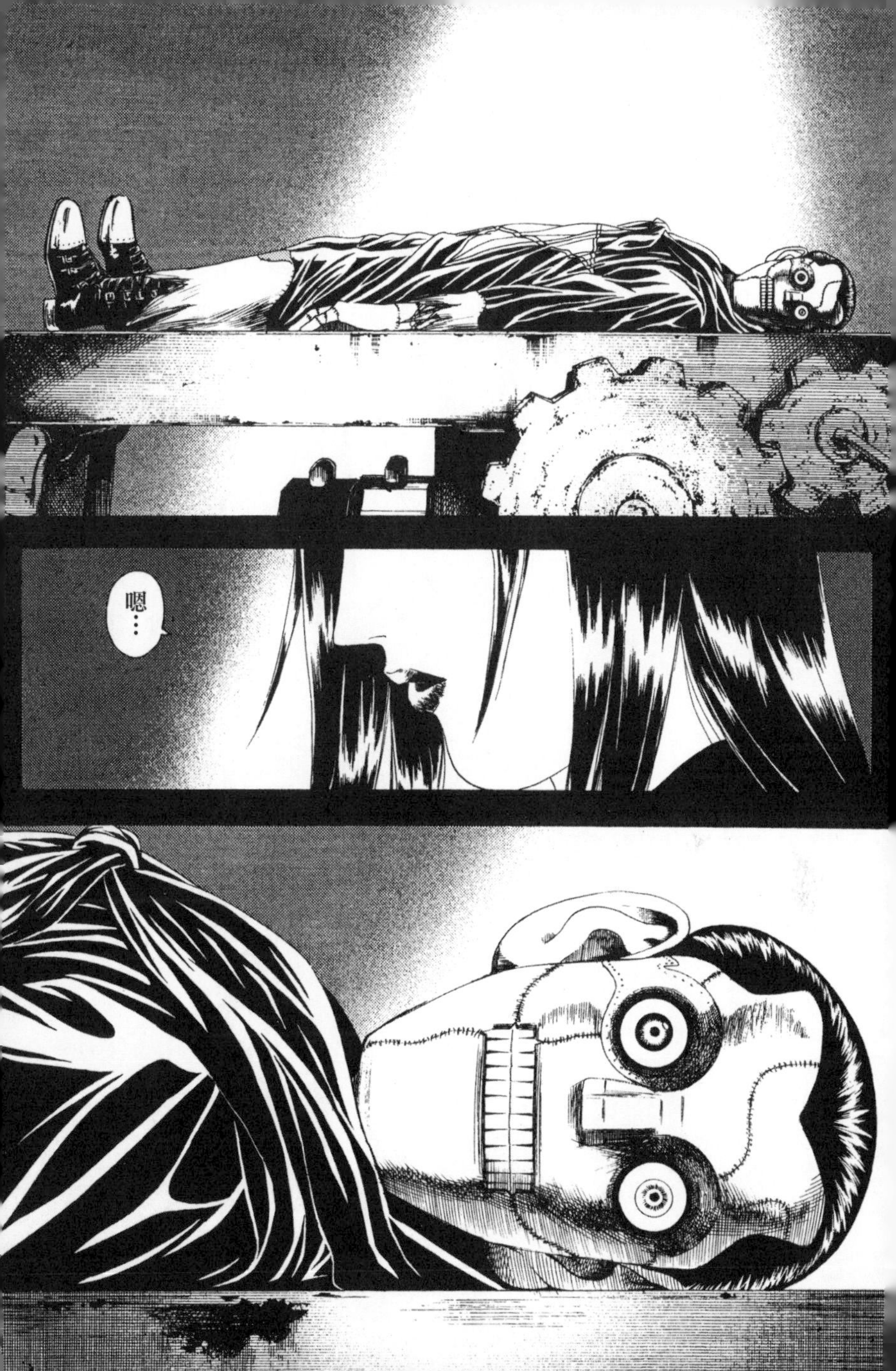
嗯…

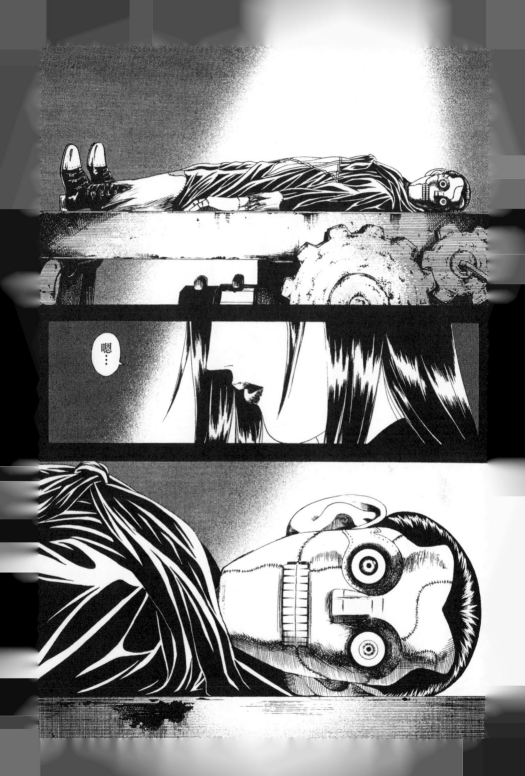

你……
是誰？

奉仕料
料金 190円
文福
ホテル
那邊的小弟弟，
等等啊。
喔喔喔，
抖抖
我丸尾侯爵算命算了五十六年，第一次看到這種面相!!
小弟弟，你身上有「黑星」，
連希特勒身上都沒有的星……
小弟弟，你會在三十歲掌握全世界，
或是在十四歲死亡……

關鍵，
將會掌握在一名少女手中吧。
第五話 風琴☆荔枝

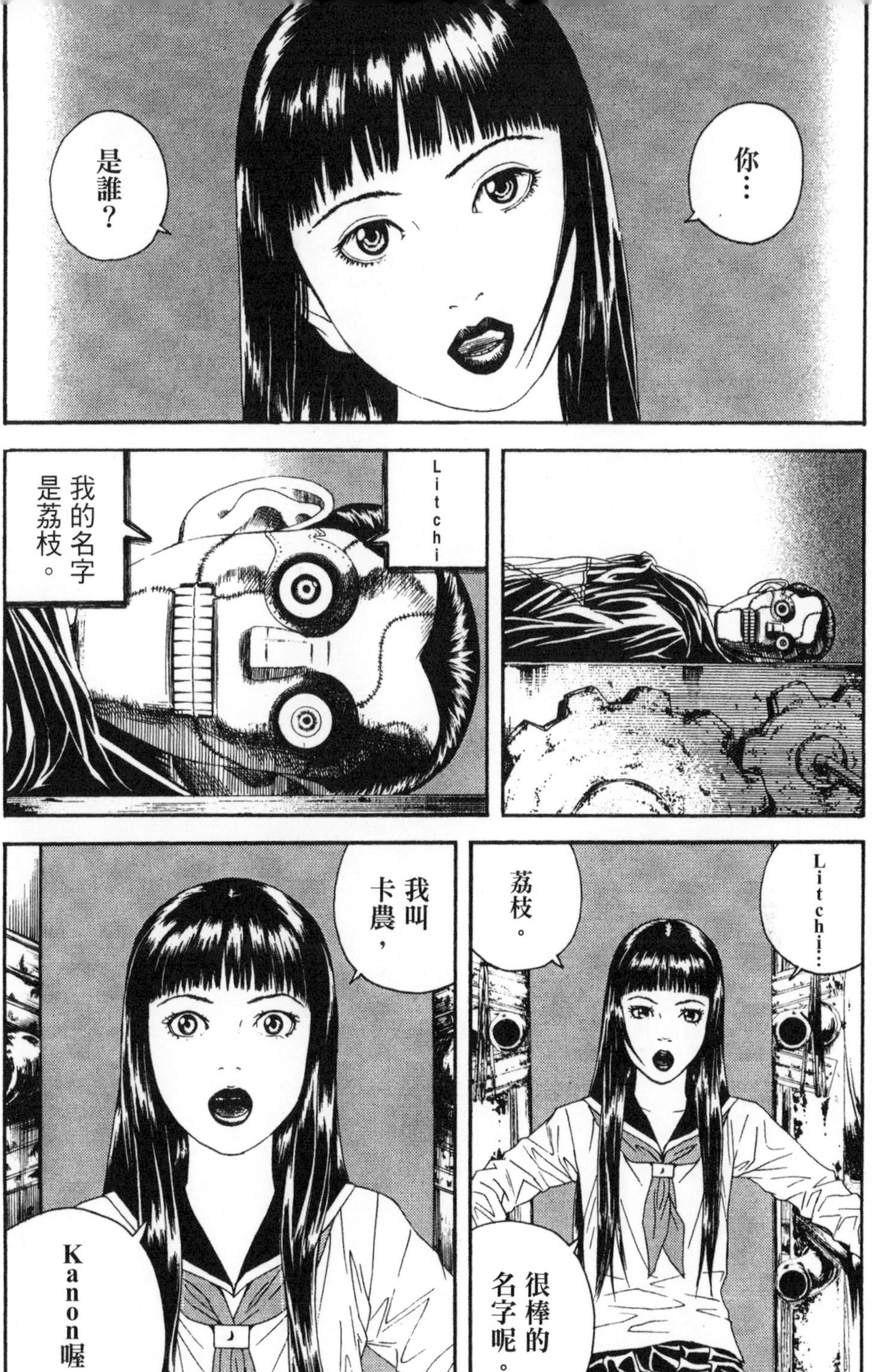
你…
是誰?
Litchi
我的名字是荔枝。
Litchi…
荔枝。
很棒的名字呢。
我叫卡農,
Kanon喔。

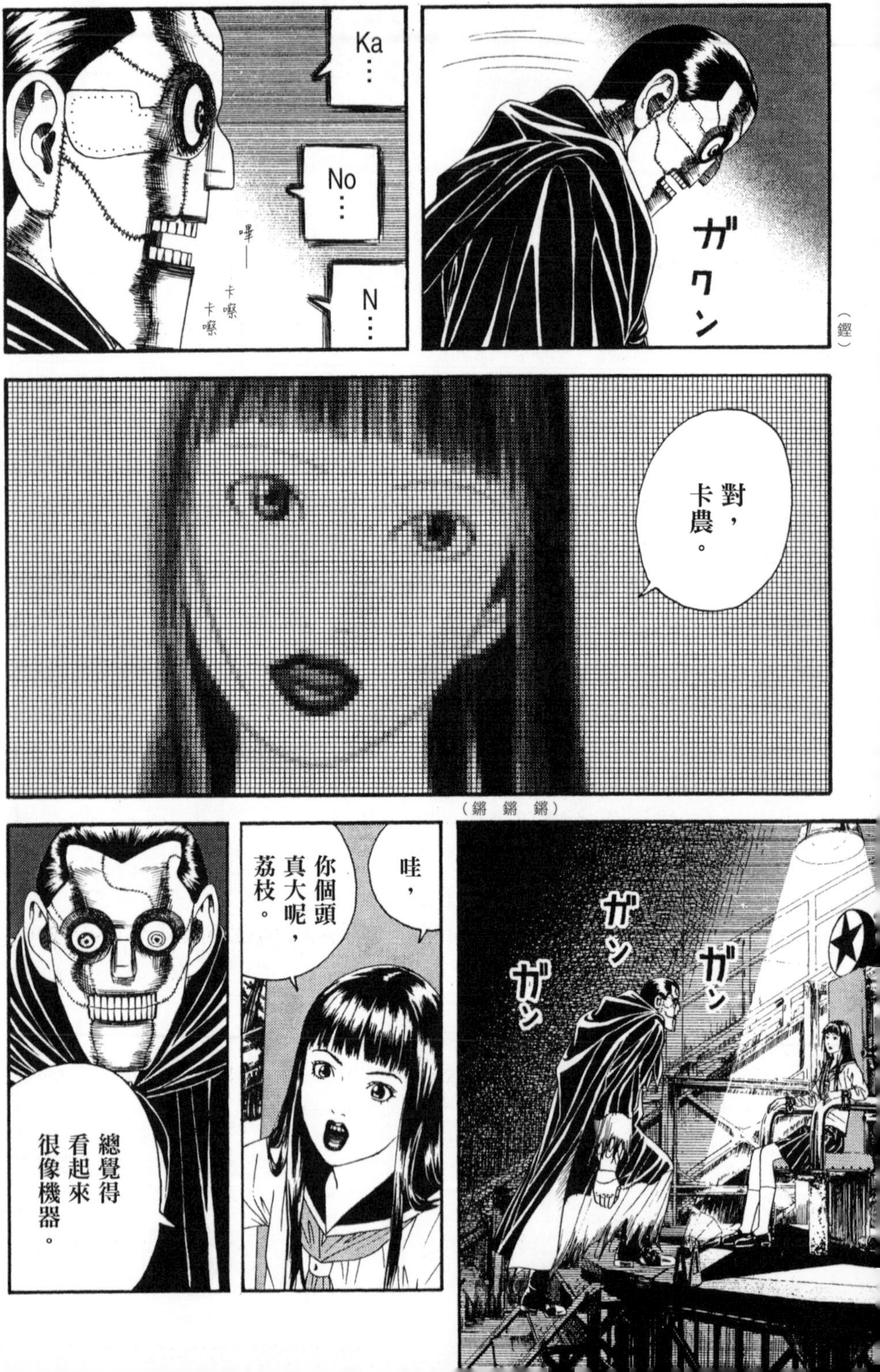
ガクン
(鏗)
Ka…
No…
N…
嗶——
卡嚓卡嚓
對，卡農。
(鏘 鏘 鏘)
ガン
ガン
ガン
哇，
你個頭真大呢，荔枝。
總覺得看起來很像機器。

不對，
我是人類。
欸，荔枝，
我想拜託你一件事。
解開這個，
單邊就行了。
解單邊，
逃不掉。
知道了。
我不認識身體這麼硬的人呢。
我是人類。
憑什麼這麼說？

我被輸入的認知就是那樣。
荔枝真賊，
困難的話題我就是不懂嘛。
卡農，總是在睡覺。
為什麼卡農總是在睡覺呢？
因為我醒來，就發現一群恐怖的男孩子包圍著我嘛。
繼續睡才能耗掉大把大把，不幸的時間。
不幸……
嗶——
卡嚓卡嚓
我的腦海中沒有那樣的詞彙。
不幸……
荔枝，幫我拿那個過來！

嚼
嚼
嚼
咕
嚕
和荔枝聊著聊著，
肚子就餓了。
肚子……
我在學游泳，
因為我潛水能潛得比誰都久！
還有鋼琴！
欸，讓我彈那台風琴。
不然我的手指會變得像鉛一樣重呀。
我被輸入了「不能放走卡農」的程式指令。
那意思是不能讓我離開房間唷。
荔枝真像小孩，只抓得到一句話表面的意思。
小孩……

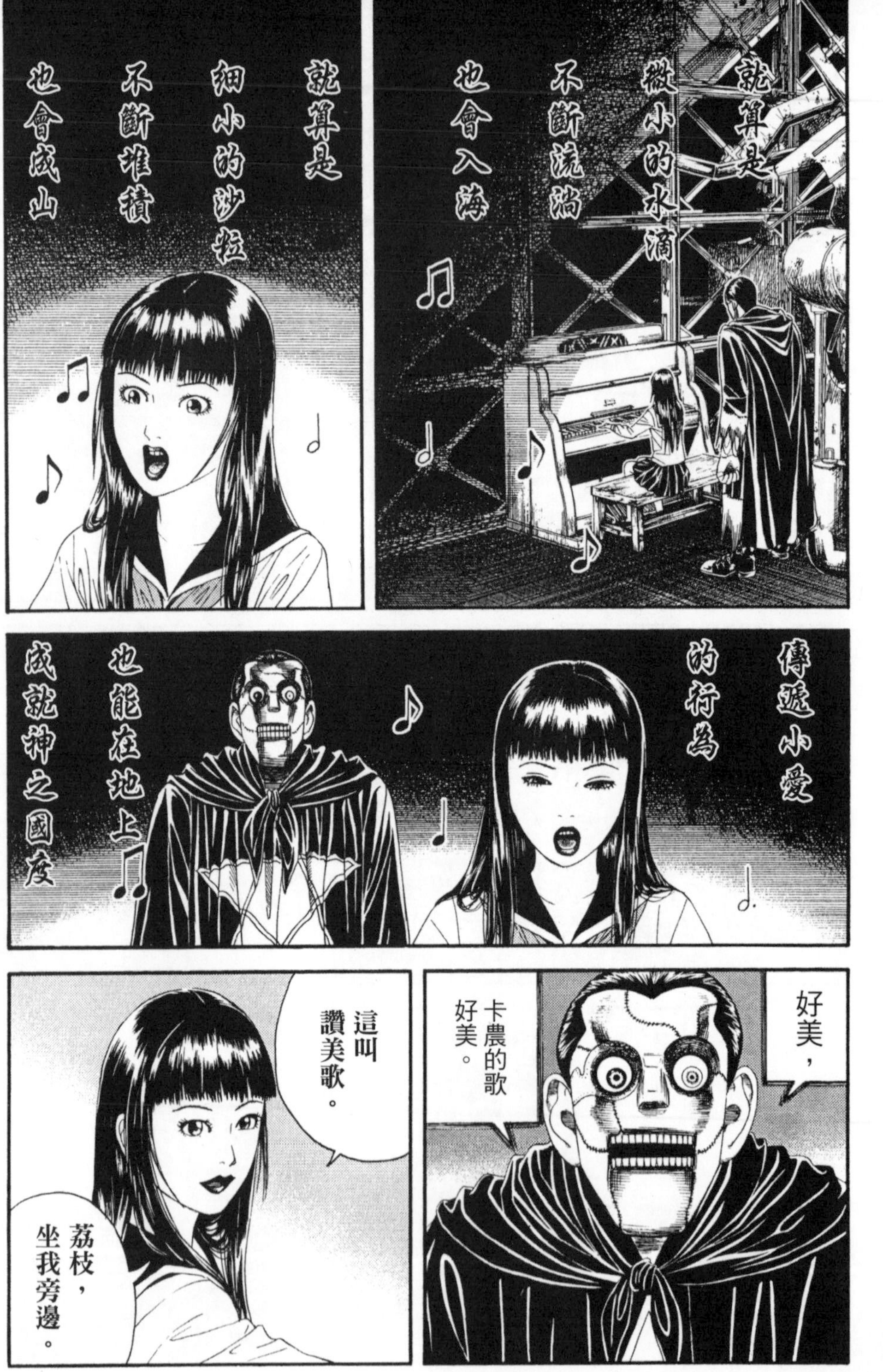
就算是
微小的水滴
不斷流淌
也會入海
就算是
細小的沙粒
不斷堆積
也會成山
傳遞小愛
的行為
也能在地上
成就神之國度
好美，
卡農的歌
好美。
這叫
讚美歌。
荔枝，
坐我旁邊。

你要照著我彈的彈喔。
知道了。
很好喔，荔枝。
不過下一個小節很難喔。
真厲害耶，你馬上就記住了。
這段，我以前邊哭邊練習耶。
好明亮……

和卡農一起彈風琴，
很明亮。
眼前非常明亮。
開心。
荔枝，那叫「開心」。
啊哈…啊哈哈哈。
我很開心。
我非常開心呢！
我也很開心呢！

好久沒笑了，好累喔。
我要睡了。
我不睡覺。
我要看著卡農，不能讓妳離開這裡。
睡那張椅子很累，
所以晚上讓我睡這吧。
（轟　嗡　嗡）
呼──
嘶──
很開心……
ゴウン
ゴウン
ゴウン

颯
颯
颯
颯
颯
颯
颯
颯
荔枝，補給燃料的時間到了。
嚼
嚼
你們幾個！
這傢伙耗費的燃料真多呢。
看他吃感覺好好吃呢
畢竟是用荔枝驅動這麼巨大的身體嘛。

你們說的話我聽得不是很清楚，
ゴゴゴン
ゴゴゴン
（咚隆 咚隆）
不過，你們應該不是在說我的壞話吧？
Zera…不如說正好相反啊。
沒錯，我們在讚美荔枝的設計有多優秀。
這樣啊，呵呵呵。
讚美啊…那就好。
！

一號的餐不見了!!
似乎是荔枝給她的！
這樣啊，我很開心喔。
這代表妳有生存下去的意志。
妳要睡要醒，我都無所謂。
像妳這樣美麗的少女，光是跟我們待在同一個空間，
就能讓這裡變成受祝福的場所。

荔枝誕生，
接著，荔枝它，
奪來了美麗的少女!!
一切都在我手中了!!
這個光俱樂部已穩如磐石！是吧？
是的!!
你說得對，Zera！
下一個…
會是誰？
啥？

為什麼…田宮會想背叛我？
為什麼!?
下一個會是誰!?
下一個背叛我的人會是誰!?
雷藏是城堡，
電算機是騎士，
尼可是兵，
Zera…
金田也是兵，
雅各是主教。
城堡在d4，
兵就走到那裡，
騎士退回去。
這麼一來，
啊，原來啊…

主教雅各，你就是下一個叛徒嗎？
咦？
怎、怎麼會。
不對…丹麥棄兵…奇襲也成嗎？
那就是兵，尼可！
Zera！怎麼會呢。
（啪啦）
不對，照定石走的話，就是騎士，電算機!!
咦？
騎士捉雙的話，那就是雷藏！
ガシャ
我不會原諒他的。
叛徒一律處刑!!

ゴウン
ゴウン
ゴウン
(轟嗡嗡)
呼
呼
呼
呼
生物…
呼
呼
是一定會背叛他人的。
呼
呼
呼
啾噗
啾噗
下一個…
會是誰…
呼
唔
呼
呼
呼
呼
啾噗
啾噗
啾噗

唔。
噗通
Zera真可憐。
田宮害你精疲力盡了呢。
啊，Zera，
我來撫慰你，
呼
呼
舔
舔
我會讓你更加、更加地
打起精神吧。

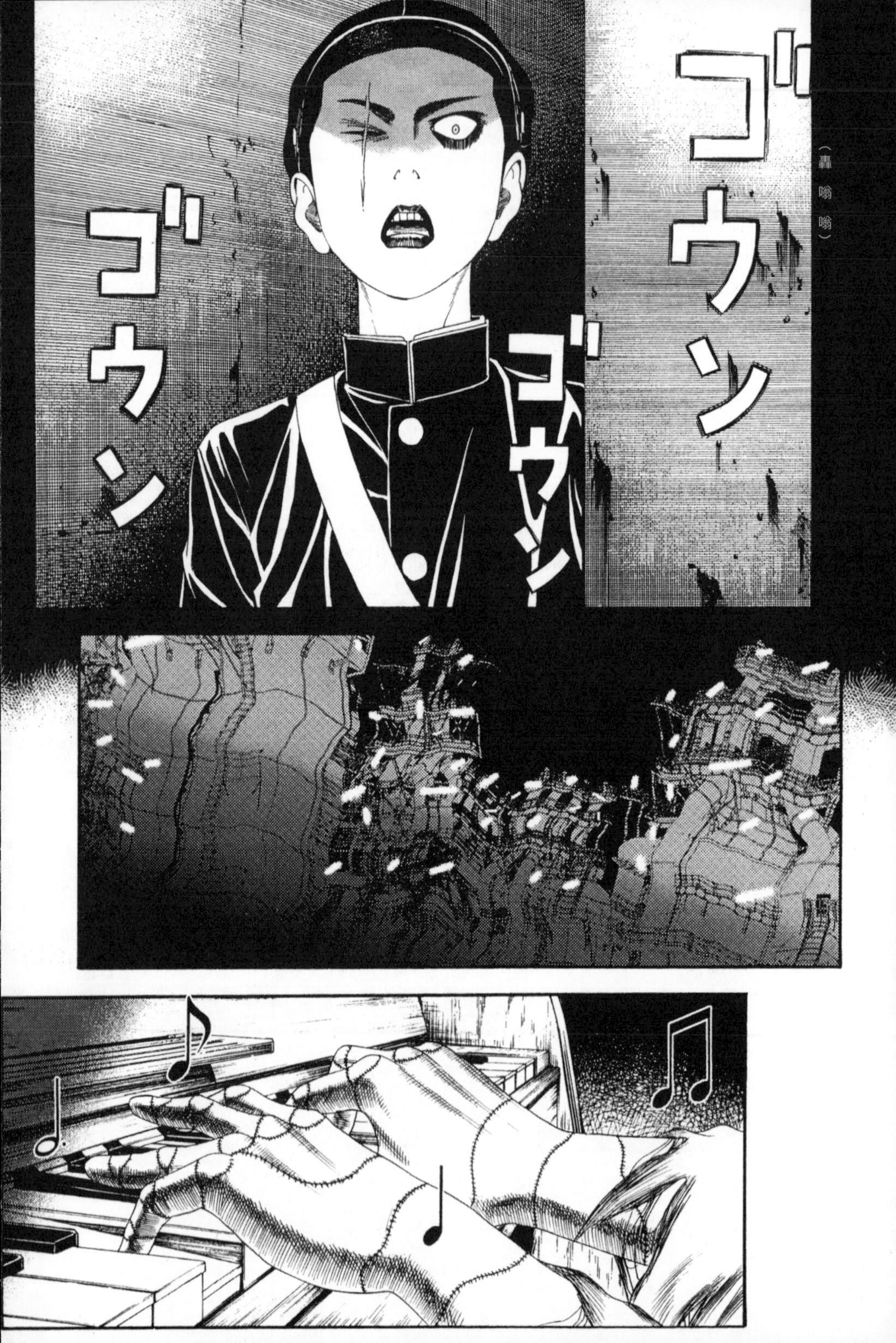
ゴウン
（轟嗡嗡）
ゴウン
ゴウン

荔枝，是荔枝吧。
你變得很會彈呢。
那個叫Zera的男孩子怪死了。
頭殼破了一個洞吧。
Zera創造了我。
Zera頭上沒有洞。
Zera是「絕對」的。
輸入的程式這樣告訴我。
哼，
「輸入」似乎是很恐怖的東西呢。

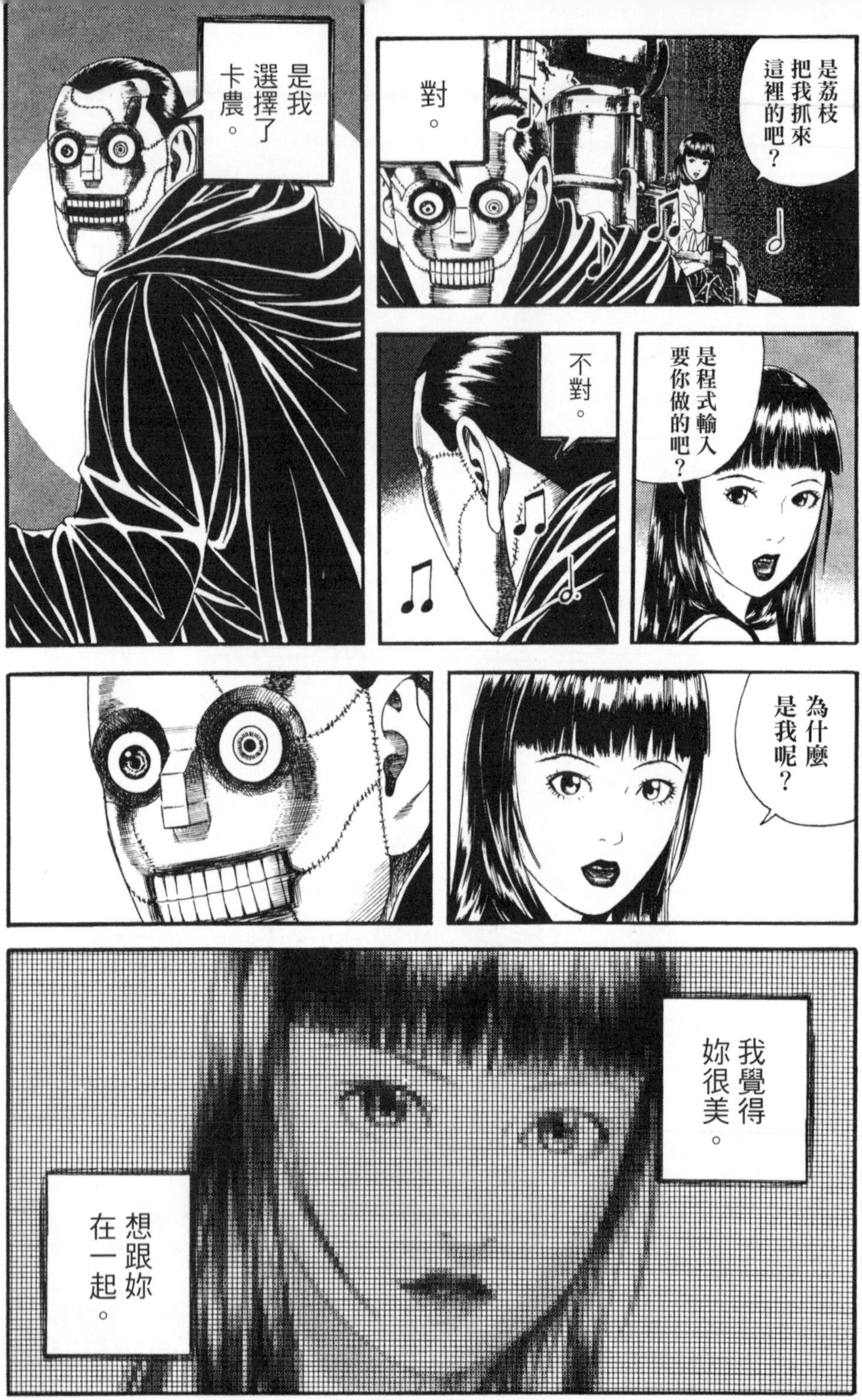
是荔枝把我抓來這裡的吧？
對。
是程式輸入要你做的吧？
不對。
是我選擇了卡農。
為什麼是我呢？
我覺得妳很美。
想跟妳在一起。

哎呀，沒想到荔枝是花花公子呢。
？
花……？
不行唷。
那種話不可以輕易說出口喔。
你真的覺得胸口緊縮，想守護某個人到死為止，才能說那些話喔。
懂了嗎？
懂了。
今晚也讓我睡你旁邊吧。
這種時候，你要溫柔地說「過來吧」！
我知道了。
……過來吧

ゴウン
ゴウン
ゴウン
ゴウン
啊。
啊。
ゴウン
啊啊
啊啊啊。
（轟嗡嗡嗡）
是誰!?
是誰…!?
這到底…
是誰幹的好事!?

Eins*，尼可。
Sieben*，雅各。
Vier*，電算機。
Zwei*，雷藏。
Acht*，Jaibo。
！

*德文數字

在哪裡…
Drei*，金田呢!?
Ze…Zera。
我現在去找他，等一下！
黑色國王…斬斷它的頭，等於是對我升起謀反的狼煙。
不能原諒…絕對不能原諒!!

Zera！
金田這傢伙逃跑了!!
呼
呼
呼
Drei，金田。
這是你幹的嗎？
抖
抖
呼
呼
呼
呼
ガクン
（鏗）
原來如此，
呼
呼
呼
我明白了。

荔枝！
處死金田吧!!
（咚隆隆）
嗡
ゴゴゴゴ
呼
呼
呼
呼
ガガガガ
啊
啊
啊
（嘎嘎嘎嘎）

你、田宮、佃犬三人創立了光俱樂部。
如今田宮和佃犬不在了!!
所以你很恨我吧？
謀反之芽就該連根拔起！
荔枝，動手！
動手!!

ゴキ
（咕啪）
嗚噗
田
田宮同學……
（唰）
シャアアアアア

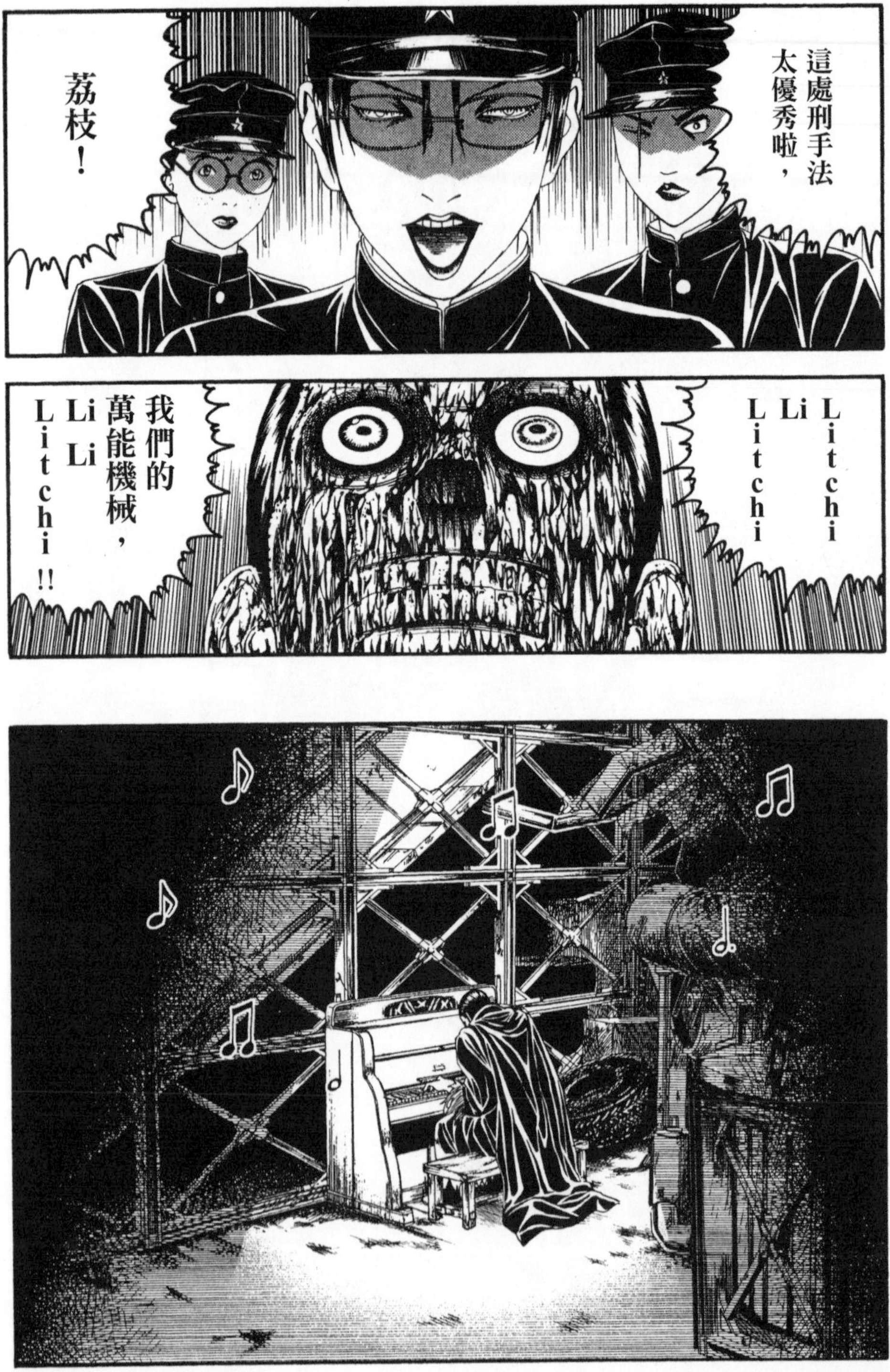
這處刑手法太優秀啦，
荔枝！
Litchi
Li
Litchi
我們的萬能機械，
Li Li
Litchi!!

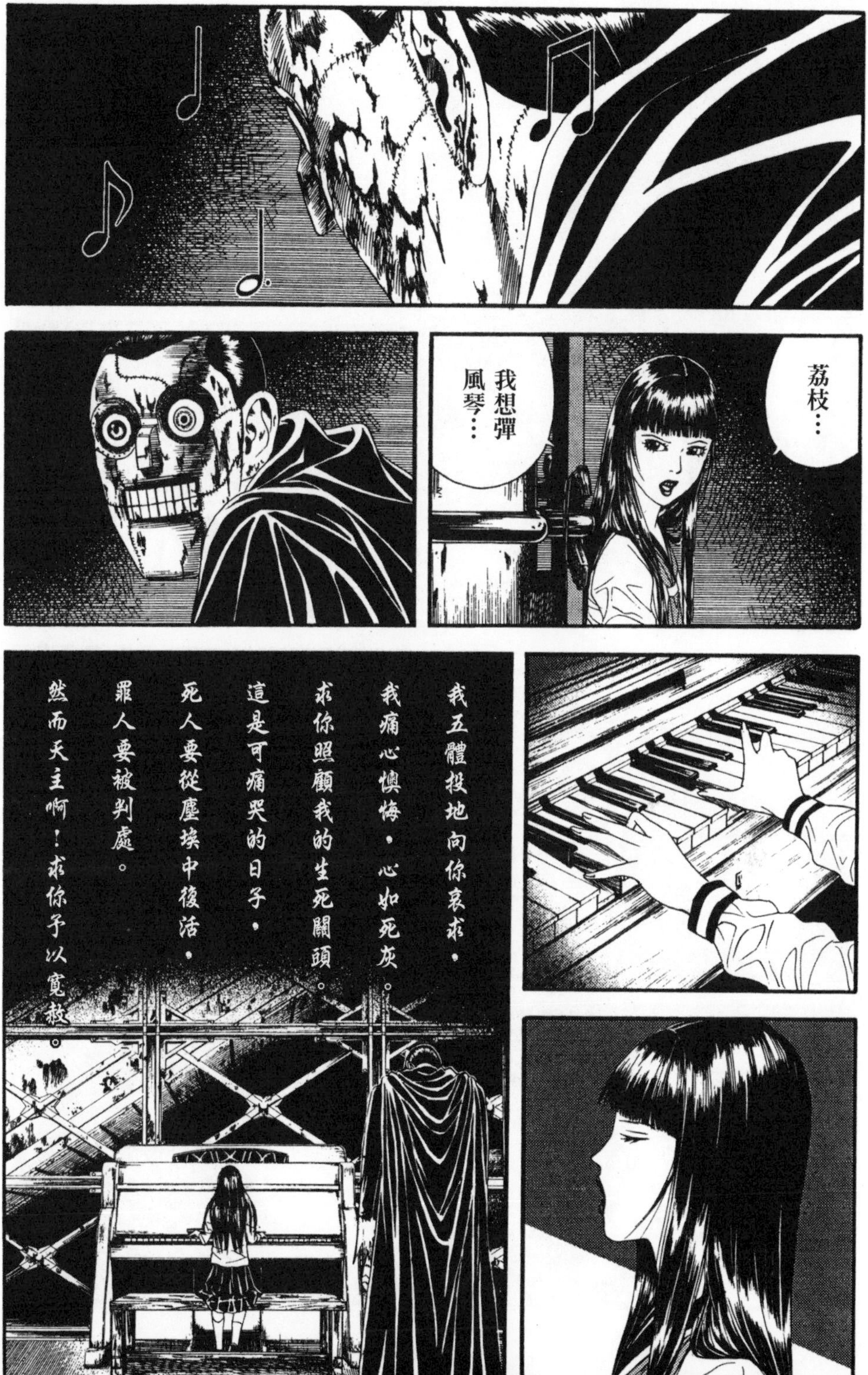
荔枝…
我想彈風琴…
我五體投地向你哀求，
我痛心懊悔，心如死灰。
求你照顧我的生死關頭。
這是可痛哭的日子，
死人要從塵埃中復活，
罪人要被判處。
然而天主啊！求你予以寬赦。

聽這首歌，我的眼前很暗。
這叫安魂曲，是撫慰死者靈魂的歌喔。
聽起來悲傷，是因為被殺害的死者十分悲傷。
那叫悲傷。
悲傷。
金田很悲傷嗎？
荔枝，你想變成真正的人類對吧？

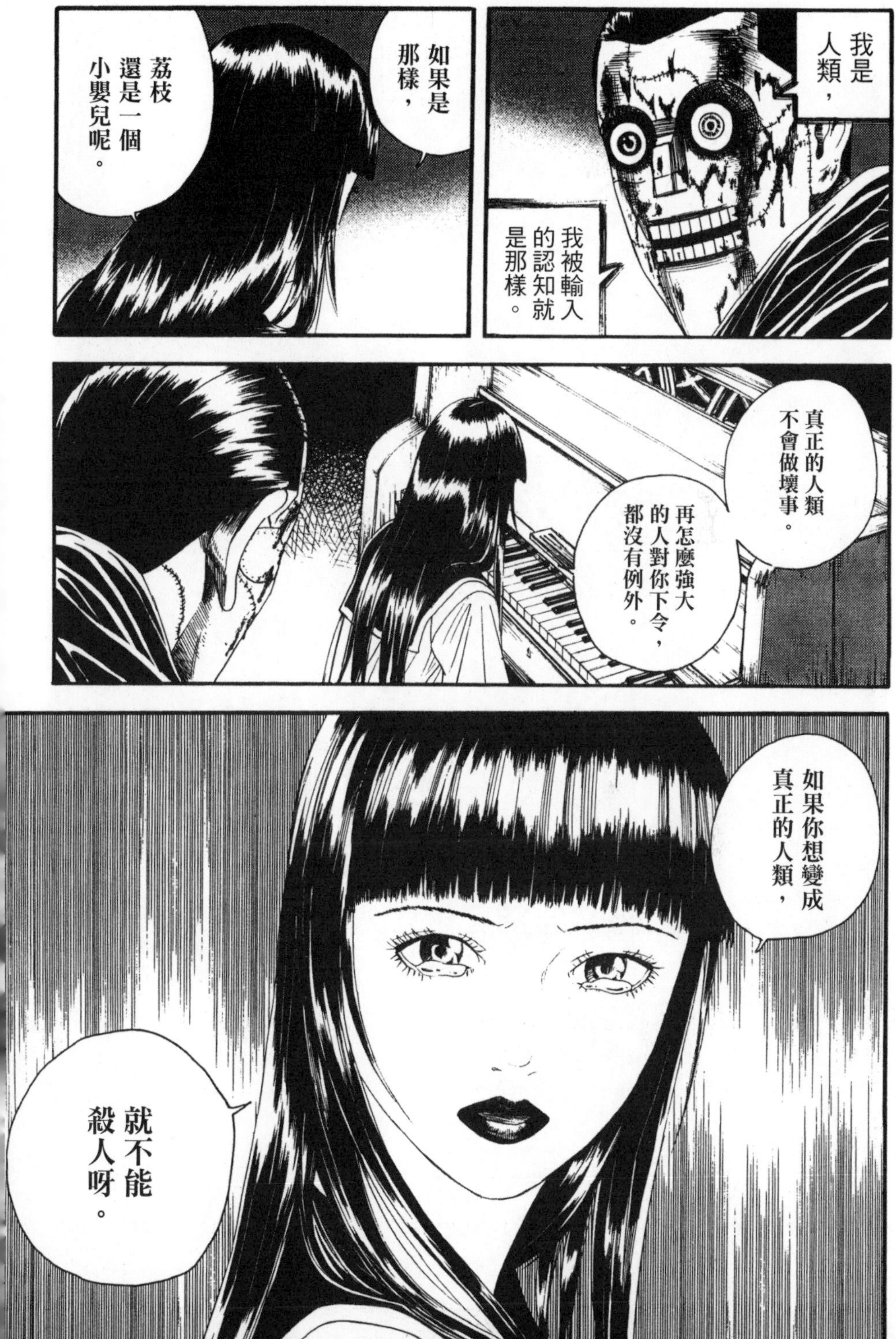
我是人類，
我被輸入的認知就是那樣。
如果是那樣，
荔枝還是一個小嬰兒呢。
真正的人類不會做壞事。
再怎麼強大的人對你下令，都沒有例外。
如果你想變成真正的人類，
就不能殺人呀。

不可以，
殺人。
ゴウン
（轟嗡嗡）
ゴウン
ゴウン

第六話 E·iNS☆尼可

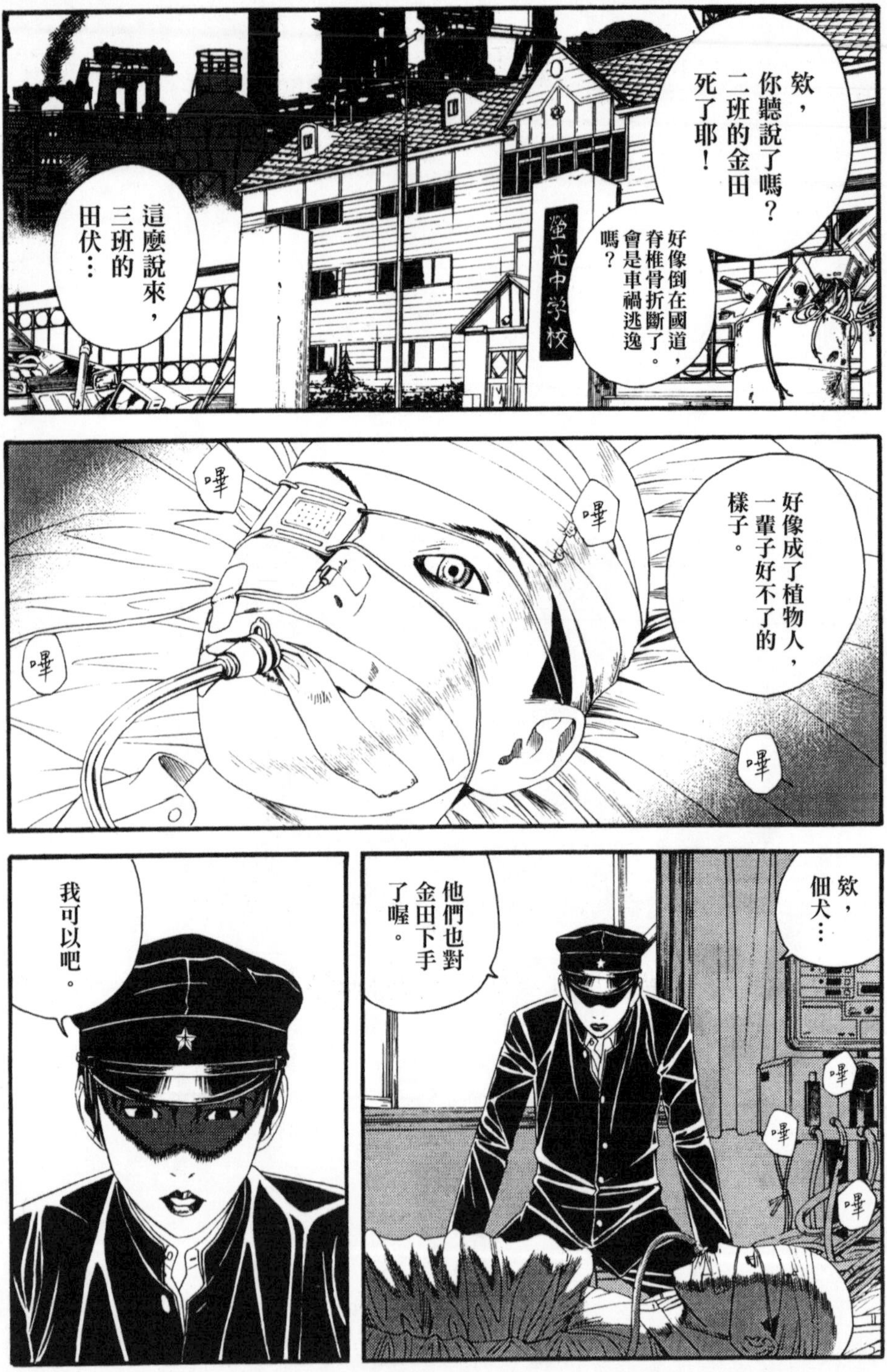
欸，你聽說了嗎？二班的金田死了耶！
好像倒在國道，脊椎骨折斷了。會是車禍逃逸嗎？
螢光中学校
這麼說來，三班的田伏…
好像成了植物人，一輩子好不了的樣子。
嗶
嗶
嗶
嗶
欸，佃犬…
他們也對金田下手了喔。
嗶
嗶
嗶
我可以吧。

我可以向Zera…
ゴウン
復仇吧？
ゴウン
ウン
（轟嗡嗡）
欸，荔枝。
你知道嗎？
你的右眼，可是人類眼球耶。

這是Zera的堅持。
他說無論如何都想嵌進去一顆人眼。
沒錯，那是我的眼珠!!
如果是Zera來拜託我，給他一顆眼珠也不算什麼!!
Jaibo把Zera的陰莖放進口中…
為什麼…？那算什麼…？

你是最棒的，尼可。
我的Zera……
Zera不是我的嗎!?
還不夠!!
區區一隻眼睛不足以表達我的忠誠!!
尼可的這條命，是Zera的！
我要成為真正的Eins!!
キーン
コーン
カーン
コーン
(叮咚噹咚)

田宮。
他不會善罷干休的，他不是那種人。
我得牽制他的行動才行。

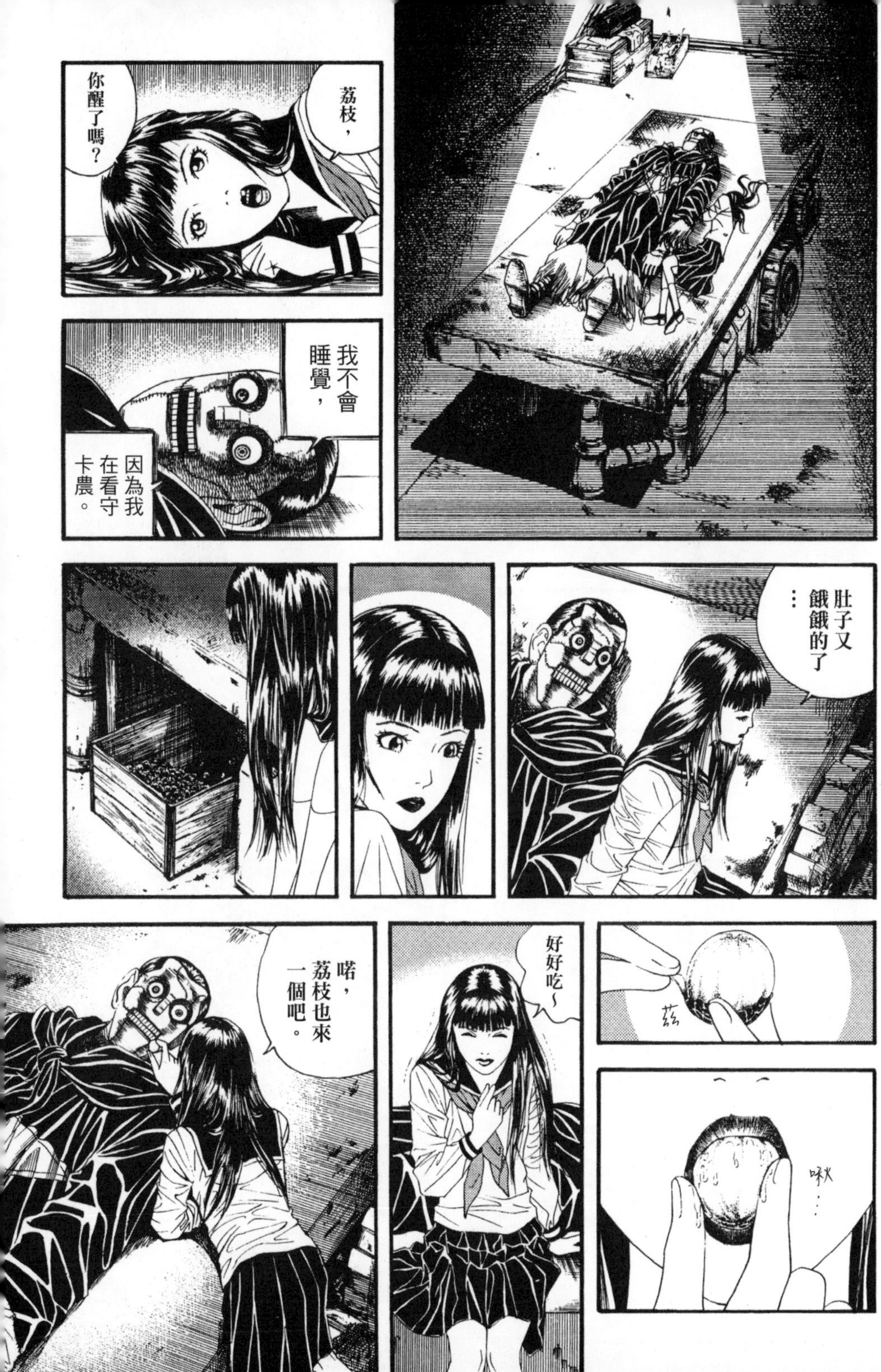
荔枝，你醒了嗎？
我不會睡覺，
因為我在看守卡農。
肚子又餓餓的了……
茲
啾…
好好吃～
喏，荔枝也來一個吧。

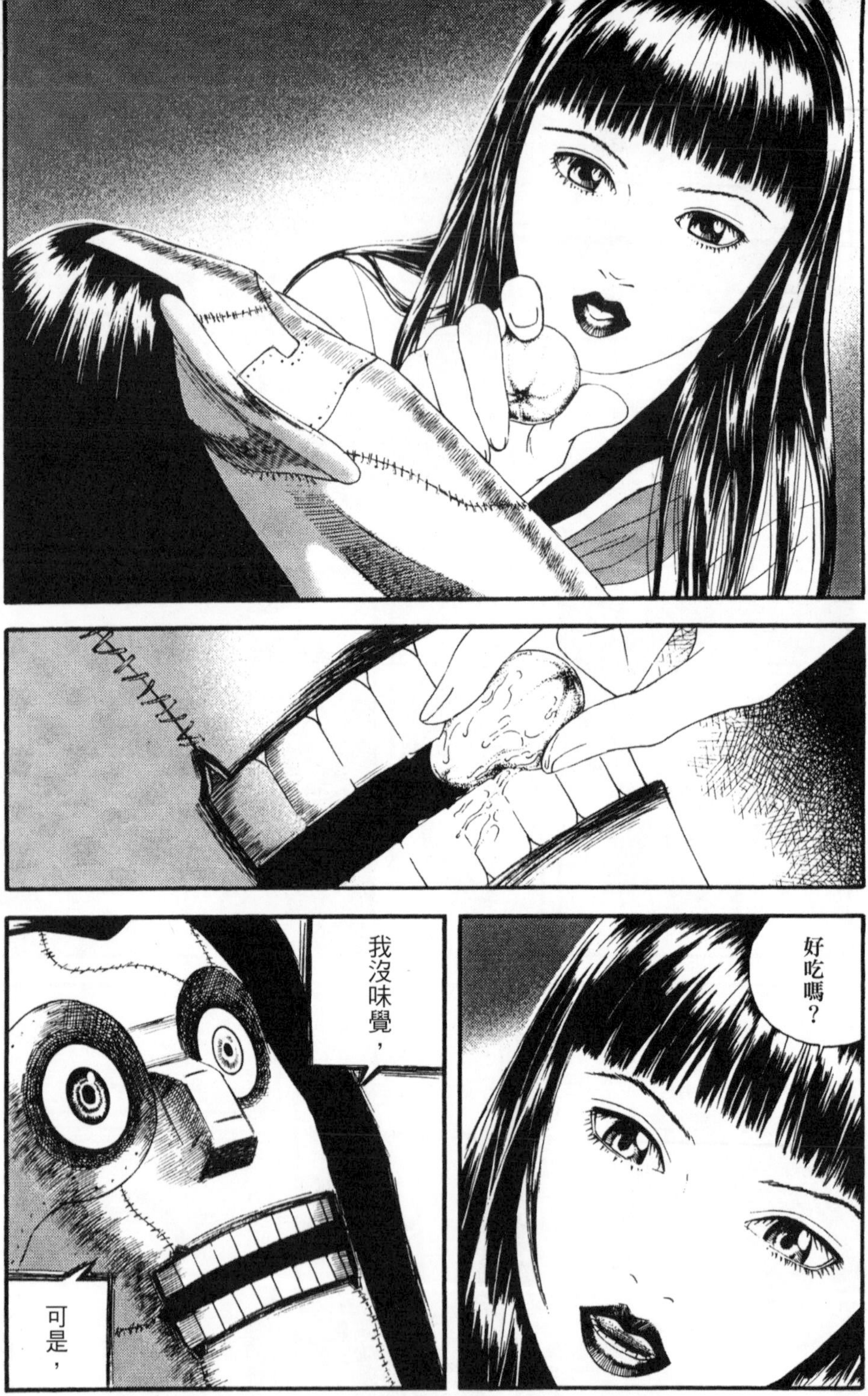
好吃嗎？
我沒味覺，
可是，

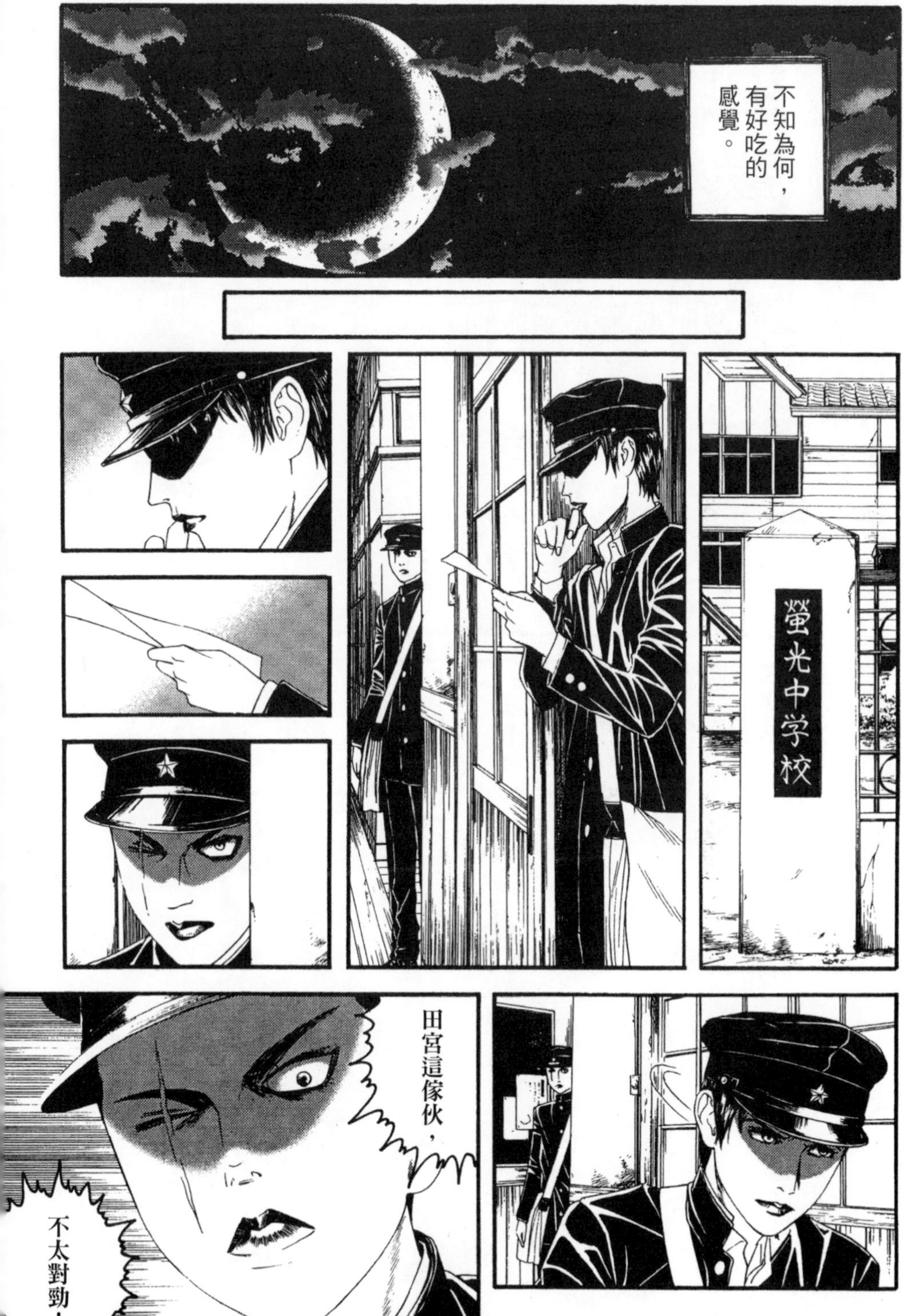
不知為何，有好吃的感覺。
螢光中学校
田宮這傢伙，
不太對勁！

ゴウン
ゴウン
ゴウン
(轟嗡嗡)
大白天蹺課，
打算去什麼地方啊…？
太怪了，
絕對有古怪!!
該讓Zera知道嗎…？
不，我要憑自己的力量阻止他的陰謀。

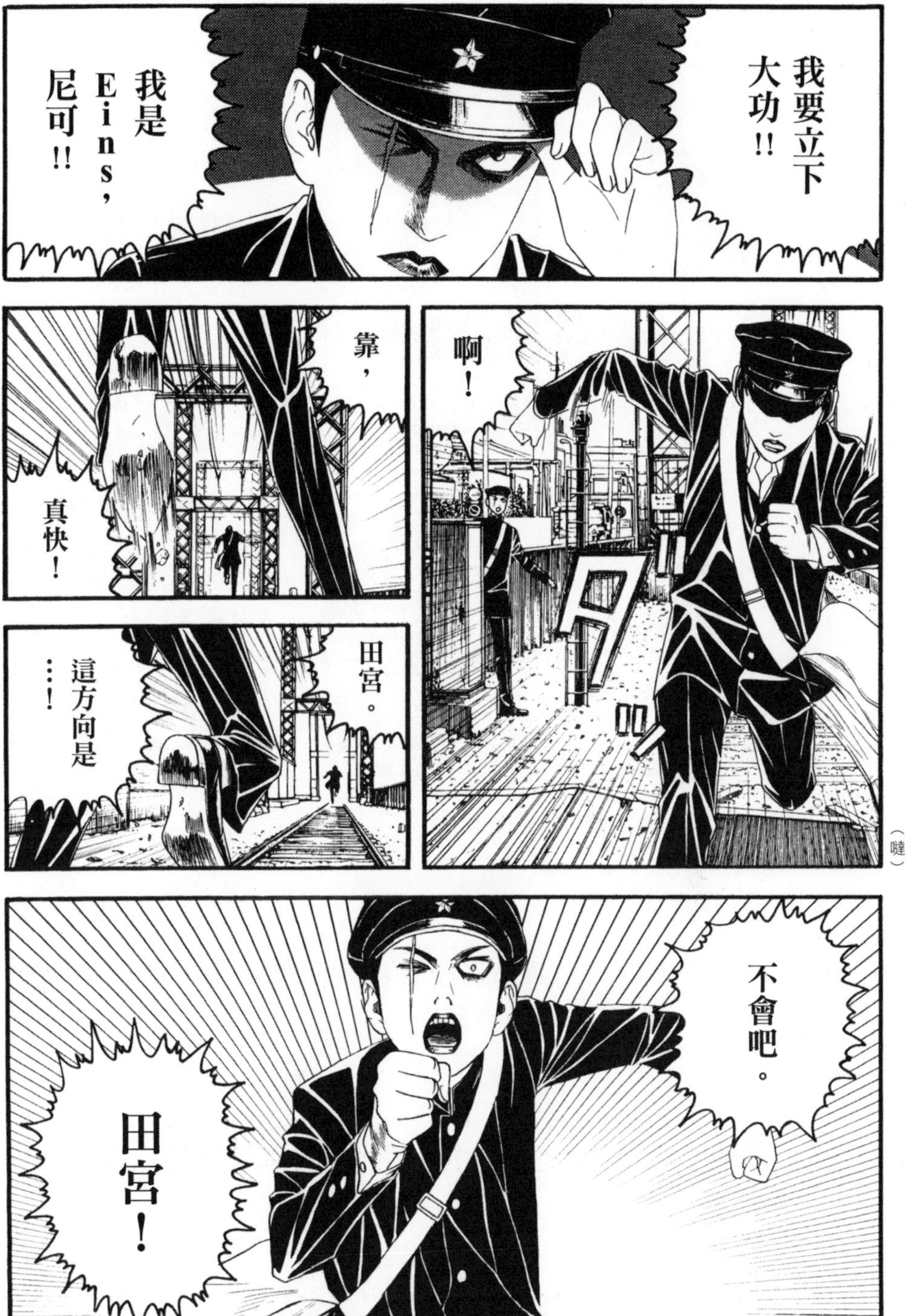
我要立下大功!!
我是Eins，尼可!!
啊！
（噠）
靠，
真快！
田宮。
這方向是⋯⋯！
不會吧。
田宮！

嚓
噗嚕
噗嚕
噗嚕
颯
颯
颯
颯

（喀啦）
ガラ
Ze…不對，
常川同學！
怎麼啦？
看…
看那邊！

荔枝田……
啊……
燒起來……了……
啊啊啊啊啊！

田宮!!
唔。
田宮!
靠,
好熱。
咳咳
為了Zera,
我一定要逮到田宮。
!
田宮
啊啊啊啊啊

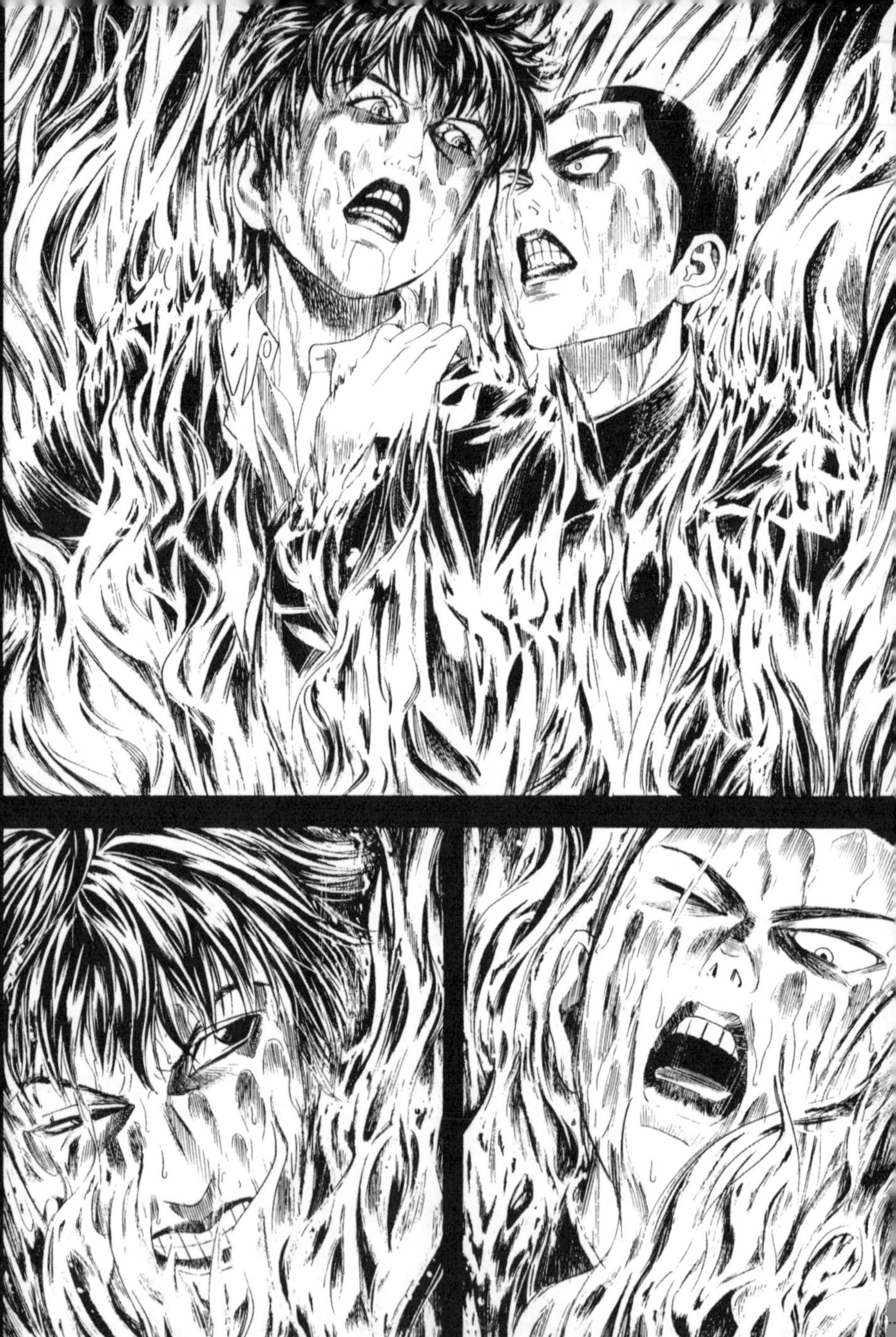

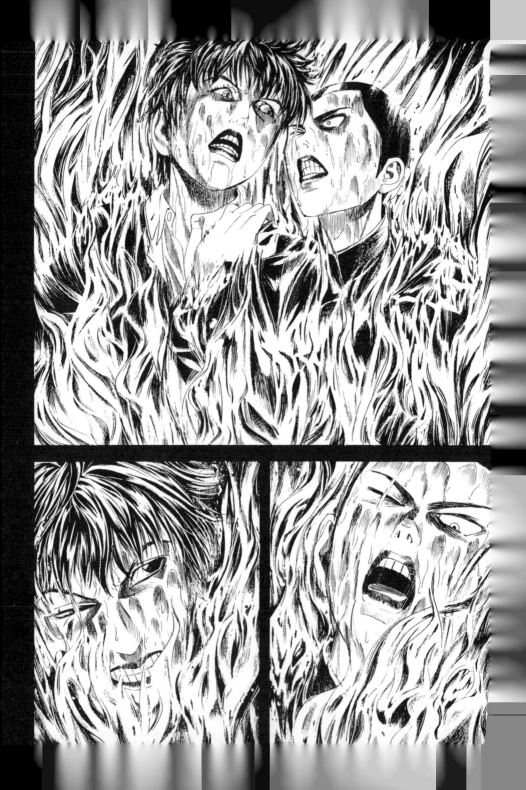

（颯）
ザザッ
（轟—）
ゴオォォォオ
Zera…我們的，
嗚
嗚
我們的荔枝田…
啊…
我…花了整整三年才種出來的啊…
Zera，你看！
（轟—）
ゴオォォォ

咳咳
咳咳
咳咳
咳咳
呵
呵
咳咳
呵嘎

脫上衣!!
好…好!
(啪唰 啪唰 啪唰)
バサ
サ
バサ
咳
咳
你幹了相當誇張的事呢，
田宮。
啊…
啊
咳嘔
咳
尼可，
你是我最信賴的男人。
啊嘎

沒想到，
你會做出這種事。
?
咳
沒想到你會跟田宮串通，燒了荔枝田啊!!
咦?

把這兩人帶到基地去！
啊
啊
啊啊
啊啊
啊啊
啊嗚～
嘎啊
咳咳
抱歉了，尼可。
我們都懂，我們都懂的，尼可。
嘎
啊
可是我們不能忤逆Zera。
抱歉啊，抱歉啊。
嘎
啊嗚
嘎嗚

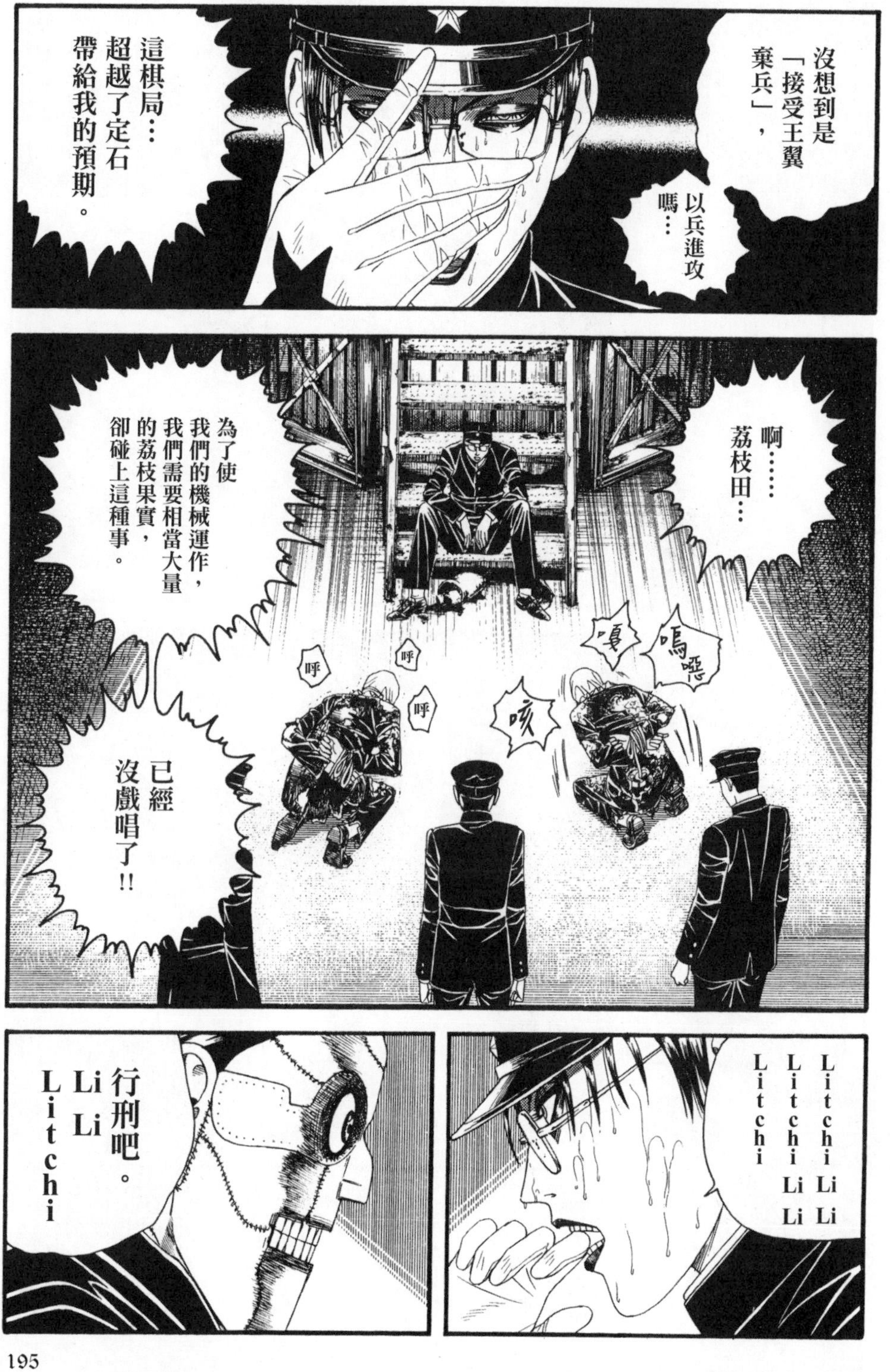
沒想到是「接受王翼棄兵」，
以兵進攻嗎……
這棋局……超越了定石帶給我的預期。
啊……荔枝田……
嗚噁
嘔
咳
呼
呼
呼
為了使我們的機械運作，我們需要相當大量的荔枝果實，卻碰上這種事。
已經沒戲唱了!!
Litchi Li Li
Litchi Li Li
行刑吧。
Li Li Litchi

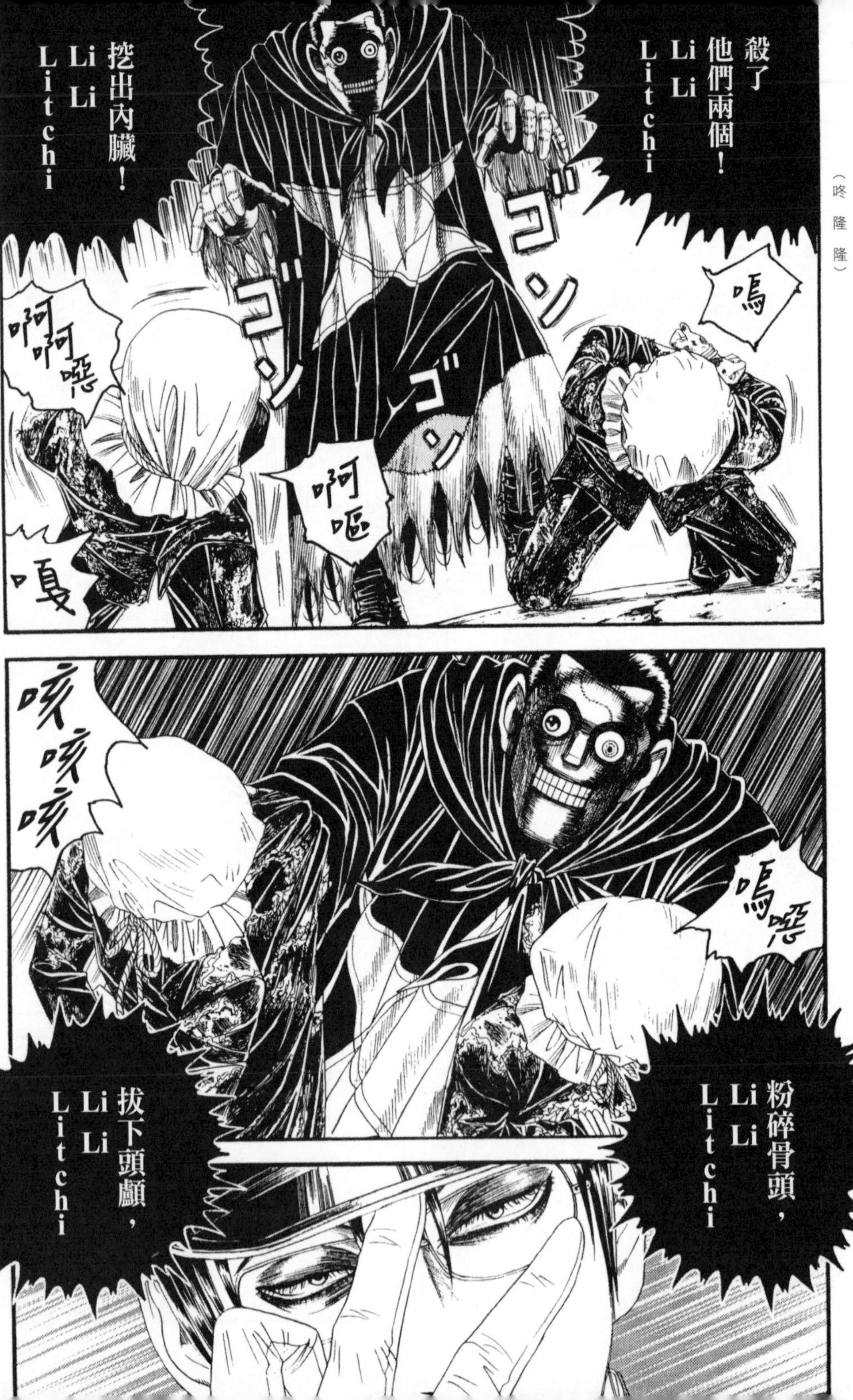

殺了他們兩個！
Li Li Litchi
挖出內臟！
Li Li Litchi
（咚隆隆）
ゴゴン
嗚
ゴゴン
啊啊嗯
啊嘔
嘎
嗚嗯
咳咳咳
粉碎骨頭，
Li Li Litchi
拔下頭顱，
Li Li Litchi

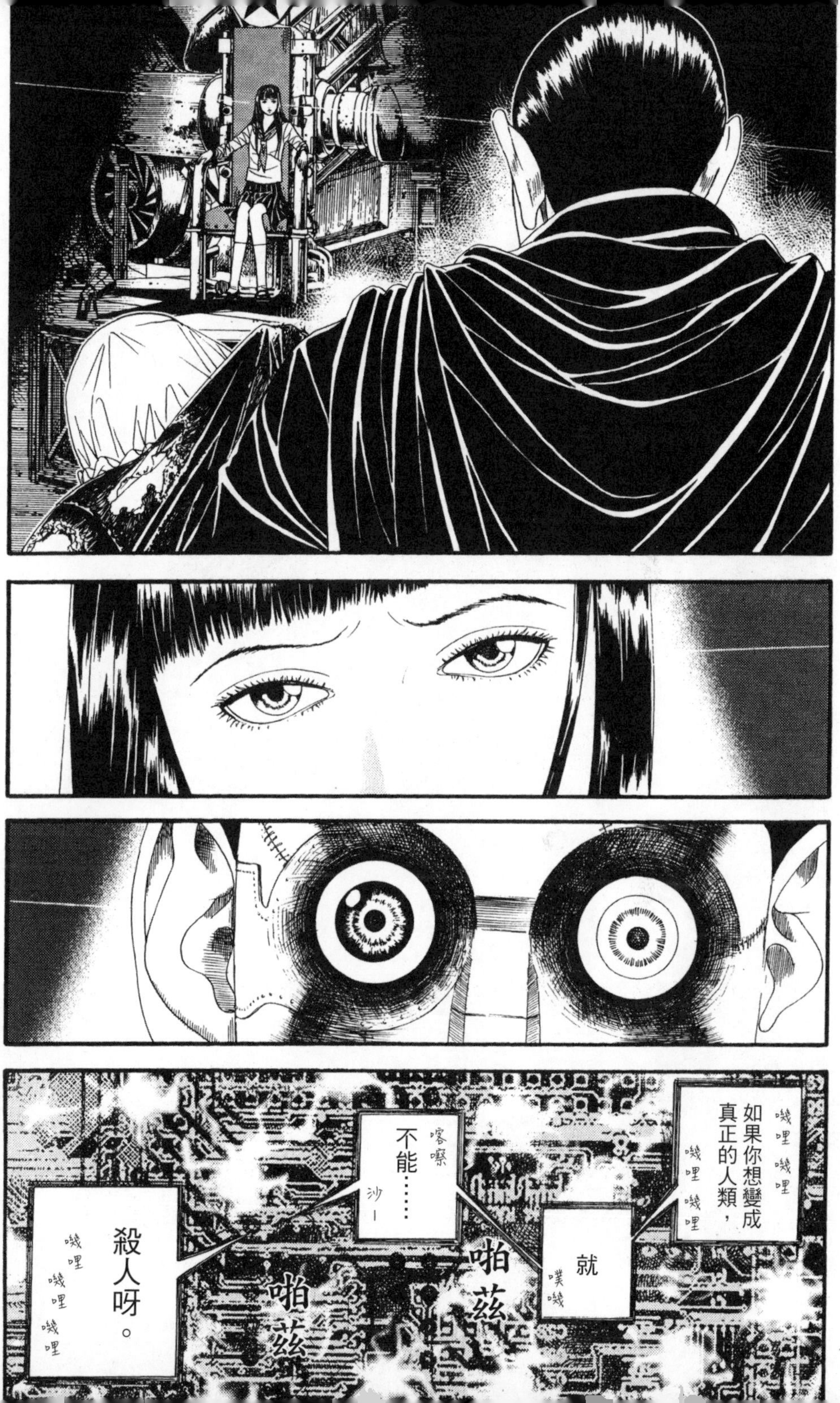
嘰哩嘰哩
如果你想變成真正的人類，
嘰哩嘰哩
就
噗嘰
啪茲
喀嚓
不能……
沙ー
啪茲
殺人呀。
嘰哩嘰哩嘰哩

嘰哩嘰哩嘰哩
如果想變成真正的人類，
啊啊啊啊啊啊
嘰哩嘰哩
不能
嘰哩
殺人
嘰哩
嘰哩
就不能殺人呀。
嘰哩
嘰哩
嘰哩

ズウゥン
（砰隆）
電…
電算機，
這…
控制好
電腦系統！
不然
下一個
處死的
就是你！
這…
這到底是
怎麼一回事!?
荔枝
……？
嗶—
卡嚓
卡嚓
啪茲
啪茲

咳
咳
嗚咕
哎，算了。
讓叛徒餓死正好！
荔枝的力量得保留起來才行。
能源，
太陽神埃拉伽巴路斯。
太陽…
永恆之美。
荔枝田在這時機起火！
原來如此…我想出合理的答案了。

什麼嘛……我懂了……
呵呵呵呵
很簡單嘛。
抖……
以前呢，我在街上碰到一個老爺爺對我這麼說……
所有的關鍵都掌握在一名少女手中。
現在我懂了！
把她變成鐵就行啦。
關鍵不就是鐵嗎？
我怎麼會這麼聰明呢？

穿幫囉。
別再裝睡啦。
咧～！
花朵隨著時間推移，轉眼間就會枯萎。我們要的不是那種美，而是絕對不會成長的鐵之少女。
我們要把少女改造為機械!!
諸君明白嗎？是比真人還要美的鐵製少女唷。

永遠以
美麗姿態
存活的生命！
這正是
埃拉伽巴路斯
和我的夢想!!
埃拉伽巴路斯
在十四歲登基
為帝。
我明天
也要滿
十四歲
了…
明天…
非挑明天
不可…
明天
就要把這少女
改造成機械！
因此
要先處死
少女！
要選就
該選美麗…
甘美的死刑。

Ze…Zera，您雖然這樣說，但要將少女製作成機械有技術上的困難！
明天就動手更是…
製作荔枝可是花了一年啊。
材料呢？更重要的是，設計圖呢？
你們還是一樣缺乏理論和效率呢…
比起如何製作，如何殺死她才是更重要的吧。
呵呵呵…對了，要用薔薇。
薔薇。
今夜，讓我們把鎮上花店賣的所有薔薇都搶過來吧!!
薔薇是必要的。

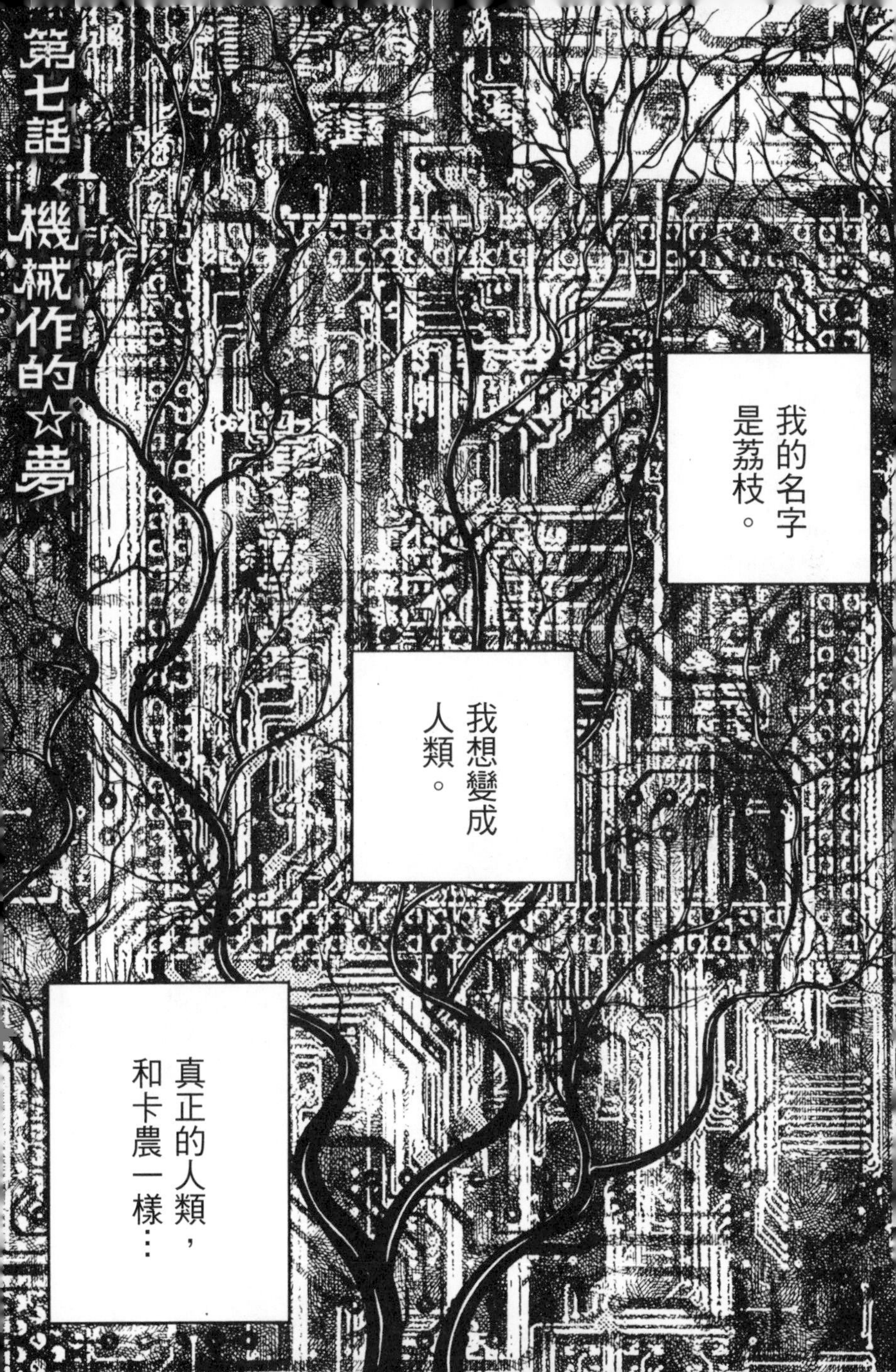
第七話 機械作的☆夢
我的名字是荔枝。
我想變成人類。
真正的人類，和卡農一樣……

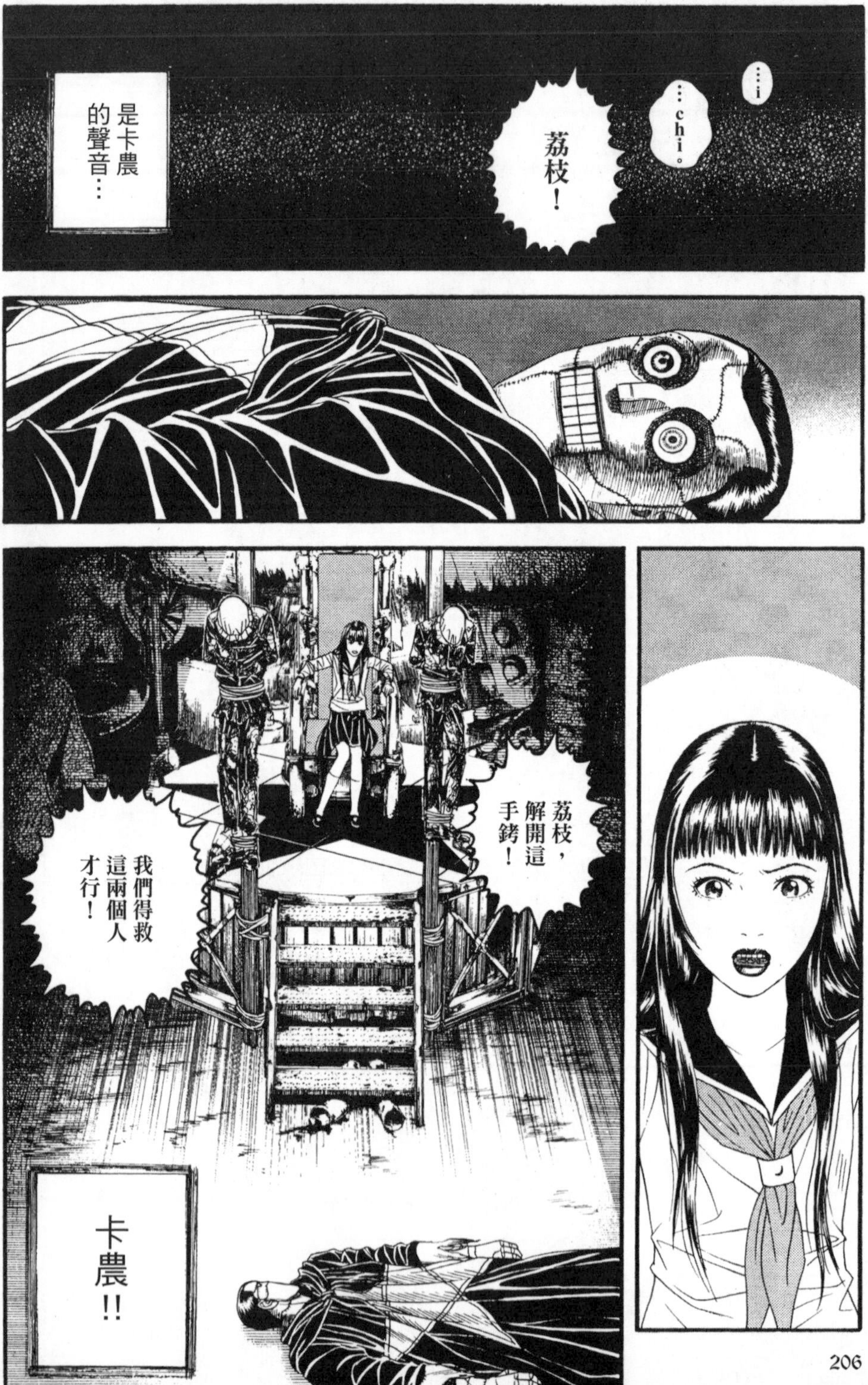
…i
…chi。
荔枝！
是卡農的聲音…
荔枝，解開這手銬！
我們得救這兩個人才行！
卡農!!

咳咳咳咳
荔枝，慢一點。
啊啊啊啊
嘎啊
拜託你，忍一下。
嗄
嗄
好可憐⋯⋯
嗄
呼
呼
好嚴重的燙傷呢。
呼
荔枝，你真了不起！
你沒殺死他們！
無論如何都得幫助他們才行！
明白了。

啊…啊啊……
呼
呼
欸，同學，這裡有急救箱嗎？
那個箱子是吧！
嘶
嘶
消毒液
唔
忍耐一下！你是男孩子嘛。
唔呃
嘶
嘶
來，脫掉。
真痛耶…妳小力…一點嘛……
呼
呼
呼
你的喉嚨好了呢！

輪到你囉。
嗄
嗄
嗄
嗄
嗄
嗄
嗄
嗄
唔
嘿咻。
好了。
嗄
嗄
現在這樣已經等於出全力了是吧…

啊
啊嘎
啊
！
呀啊
ガン
（喀）
ゴッ
（叩）
住手！
ドサ
（咚唰）

第一下是替玉子動手。
呼
呼
呼
另一下是替金田。
我都知道！你也只是聽從Zera的命令行動罷了。
那個神經病!!
啊
啊嘎
啊啊
啊嘎
啊啊
尼可，你不想聽我說Zera壞話嗎？
差不多該醒過來了吧。
誰都知道火肯定不是你放的呀，
只有一個人例外!!
啊…

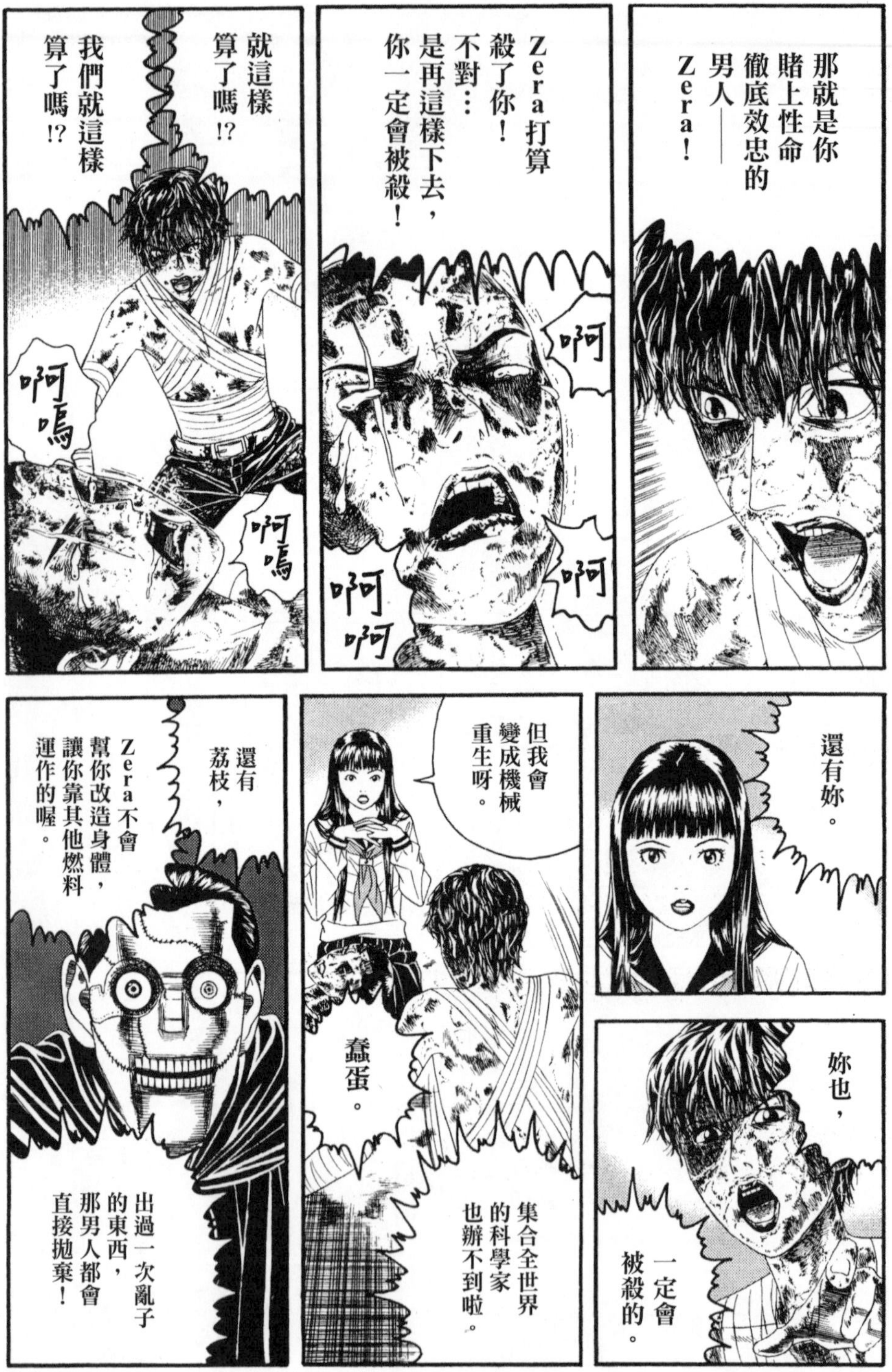
那就是你賭上性命徹底效忠的男人——Zera！
Zera打算殺了你！不對…是再這樣下去，你一定會被殺！
啊
啊
啊
啊
就這樣算了嗎!?
我們就這樣算了嗎!?
啊嗚
啊嗚
還有妳。
妳也，
一定會被殺的。
但我會變成機械重生呀。
蠢蛋。
集合全世界的科學家也辦不到啦。
還有荔枝，
Zera不會幫你改造身體，讓你靠其他燃料運作的喔。
出過一次亂子的東西，那男人都會直接拋棄！

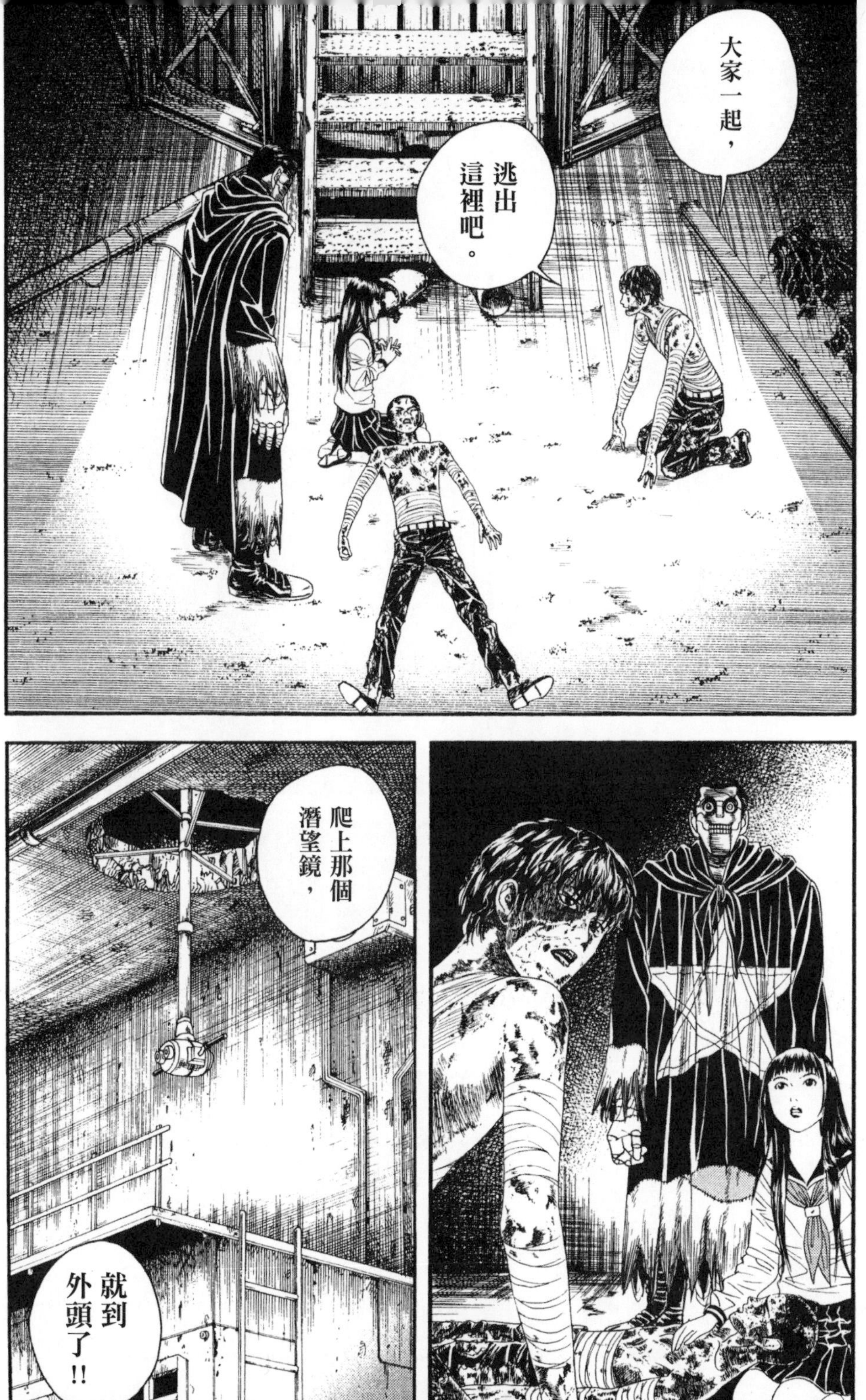
大家一起，
逃出這裡吧。
爬上那個潛望鏡，
就到外頭了!!

好，很好喔，荔枝。
啊嘎……
嘎
嗚
咳咳
尼可！振作一點！
嘔噁
抖抖
抖抖
尼可！

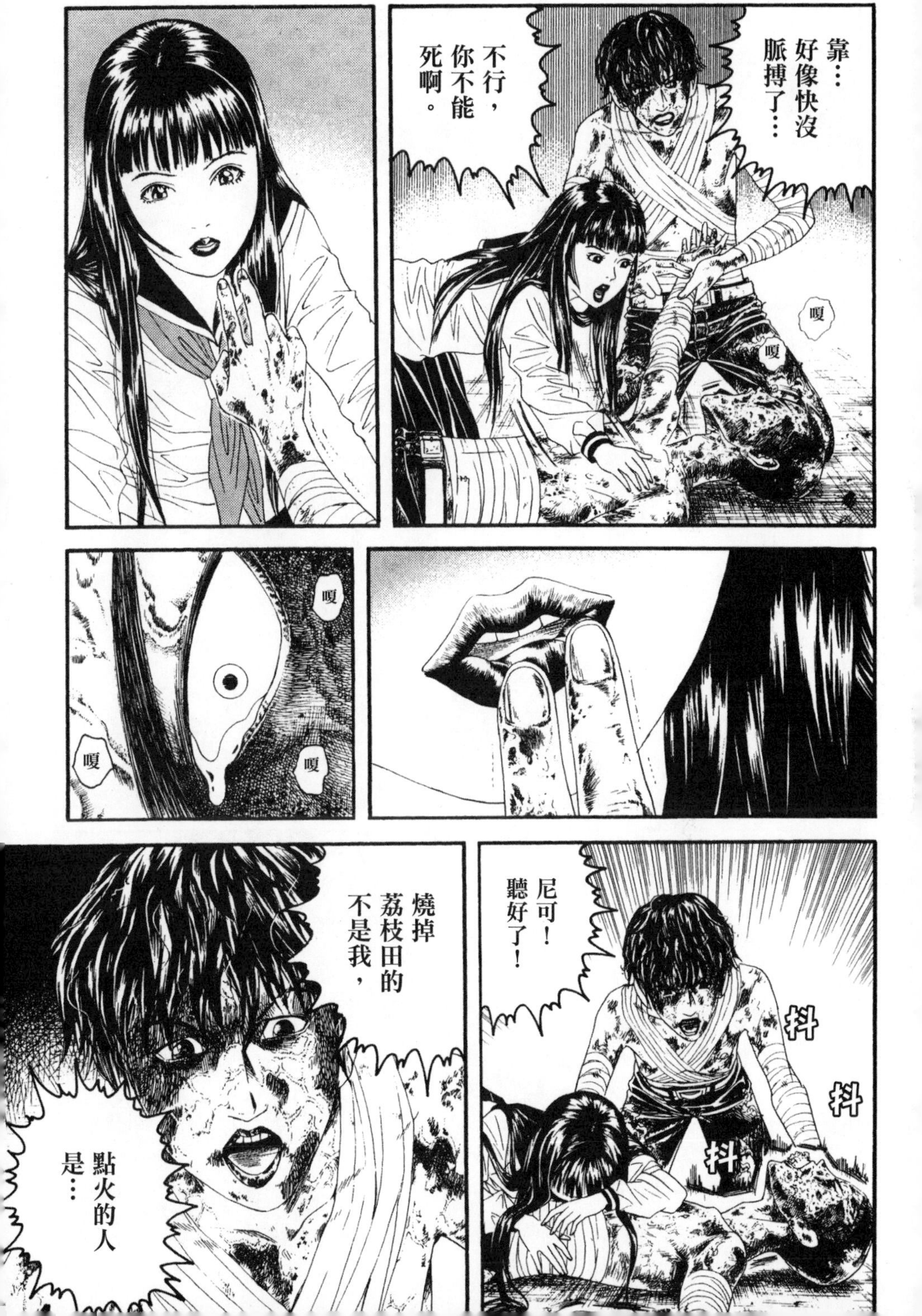
靠…好像快沒脈搏了…
不行，你不能死啊。
嗄
嗄
嗄
嗄
嗄
尼可！聽好了！
抖
抖
抖
燒掉荔枝田的不是我，
點火的人是…

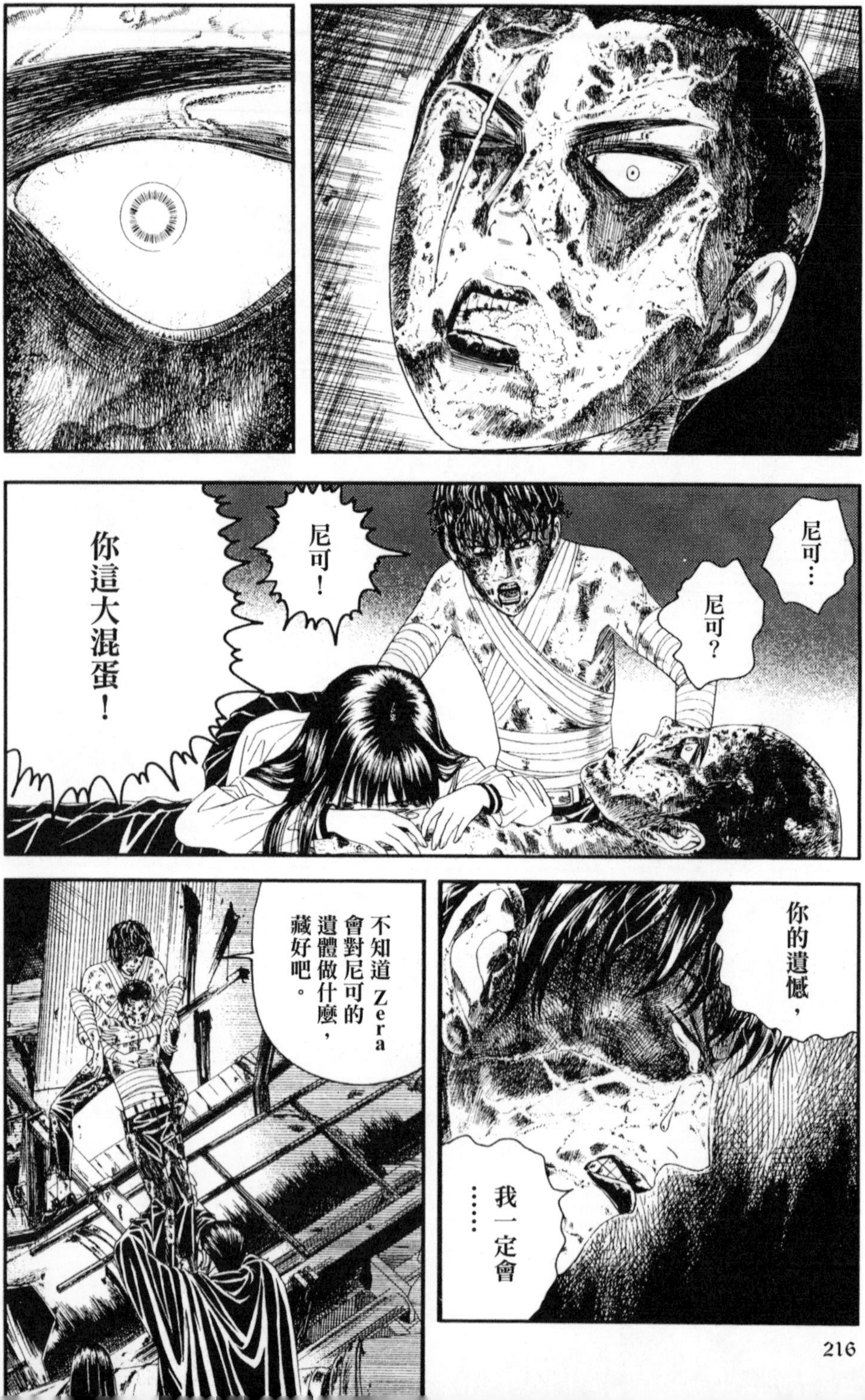
尼可……
尼可？
尼可！
你這大混蛋！
你的遺憾，
我一定會……
不知道Zera會對尼可的遺體做什麼，藏好吧。

再見了，
尼可。
走吧！
嗯…
荔枝，抬高她！

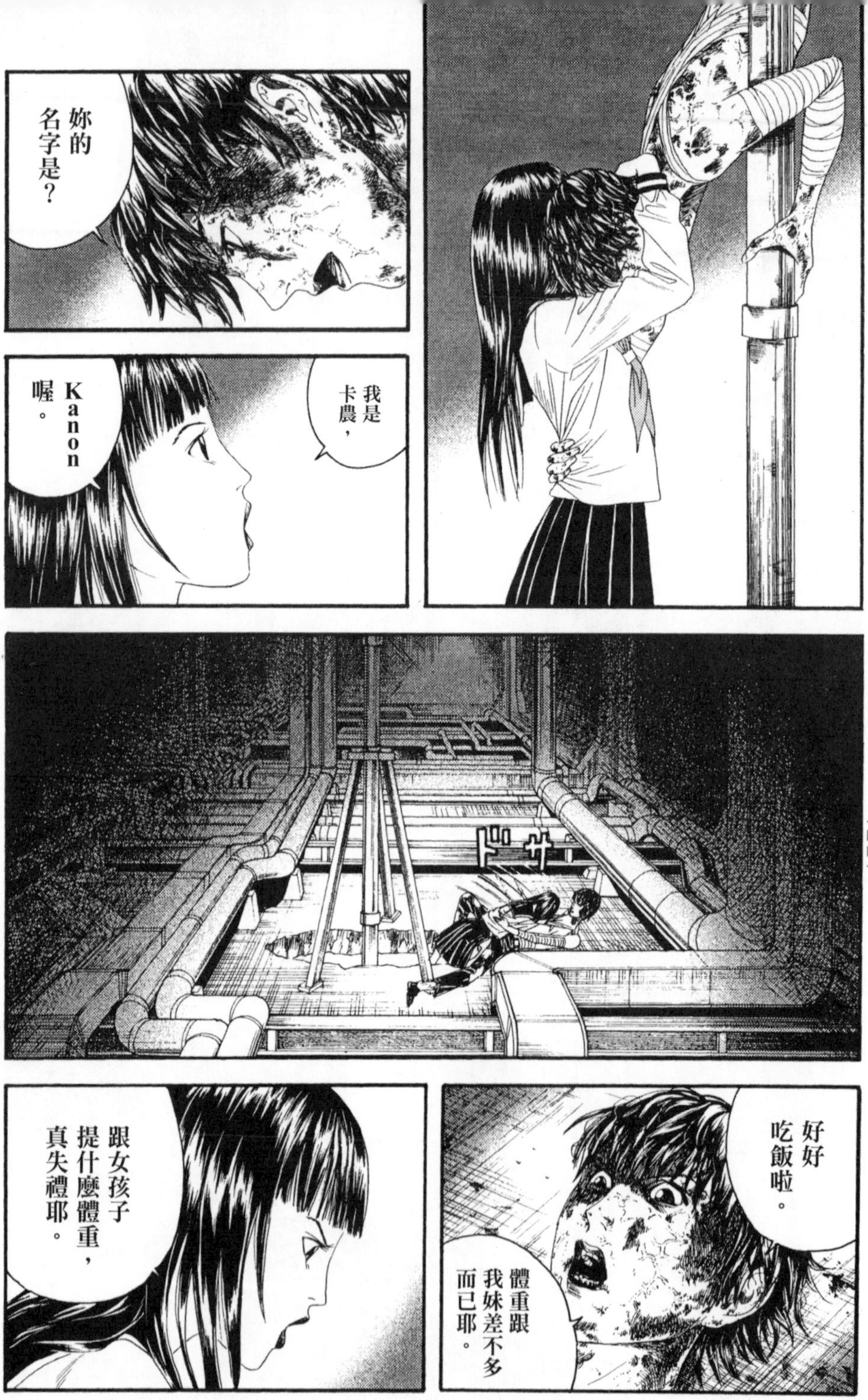
妳的名字是？
我是卡農，
Kanon喔。
（咚唰）
好好吃飯啦。
體重跟我妹差不多而已耶。
跟女孩子提什麼體重，真失禮耶。

這是工廠用水的地下水道，
出口在上面。
荔枝，抓住潛望鏡爬上來。
明白了。
（嘎）
グッ
（鏗）
グッー
啪叮
！

ゴゴゴッ
（咚隆）
荔枝！
荔枝上不來了。
沒辦法，我們走吧，卡農。

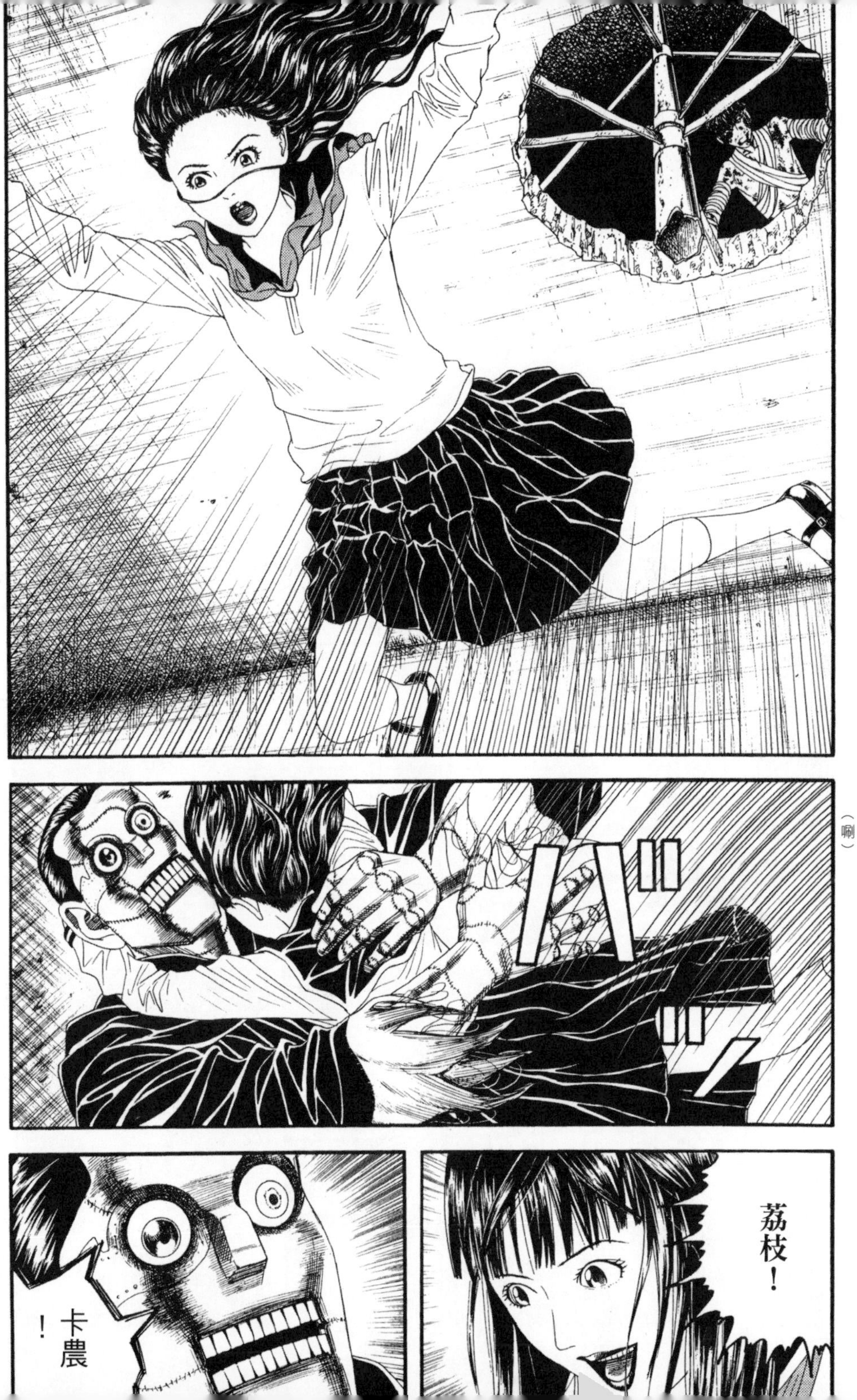
(唰)
荔枝！
卡農！

笨蛋，
妳做什麼啊!!
沒事的。
我不能丟下荔枝一個人。
這樣下去，妳會被Zera殺死啊！
我不要緊的。
因為我有荔枝在我身邊。
隨便妳囉。
再會了。
你也保重呀！

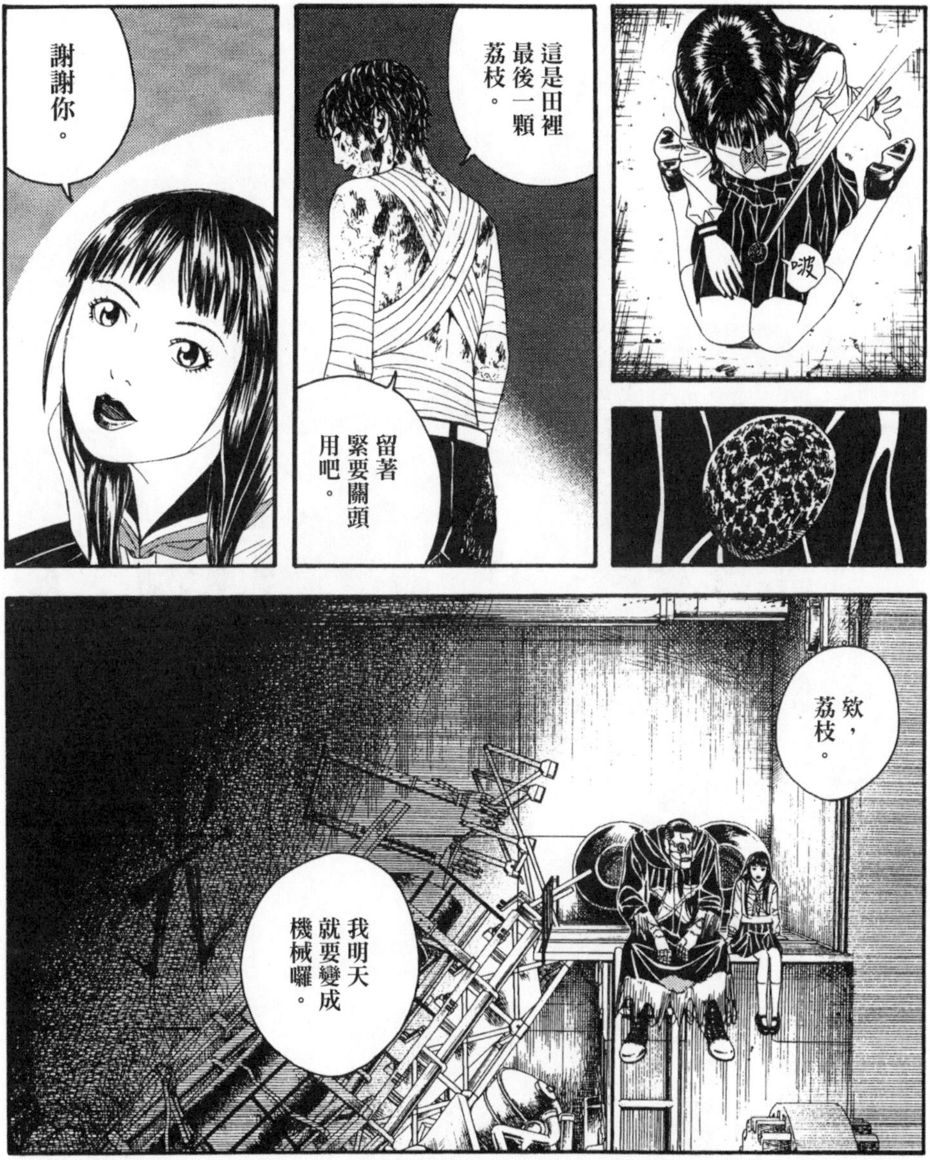
啵
這是田裡最後一顆荔枝。
留著緊要關頭用吧。
謝謝你。
欸，荔枝。
我明天就要變成機械囉。
我變成機械的話，你會開心嗎？

不會開心。
因為變成機械的卡農和人類卡農不一樣。
晃
藍色眼睛的人偶是美利堅誕生的賽璐珞娃娃
晃
要是變成了機械，我不就不會變成老太婆了嗎？

也就不會被你討厭了，不是嗎？
我不會討厭卡農。
荔枝不懂的。
不過總覺得，
如果是你的話，會一直守護著我。

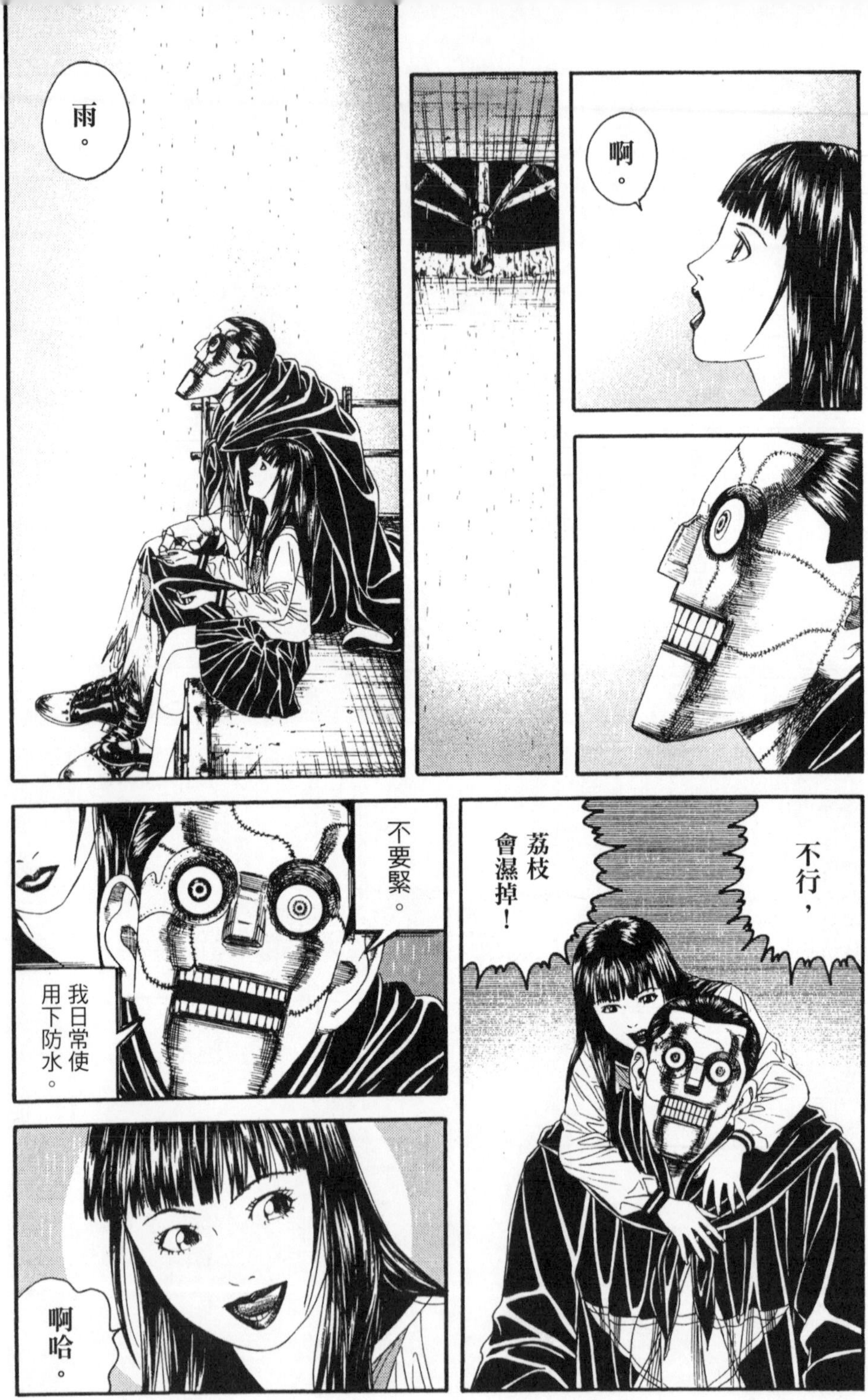
啊。
雨。
不行，
荔枝會濕掉！
不要緊。
我日常使用下防水。
啊哈。

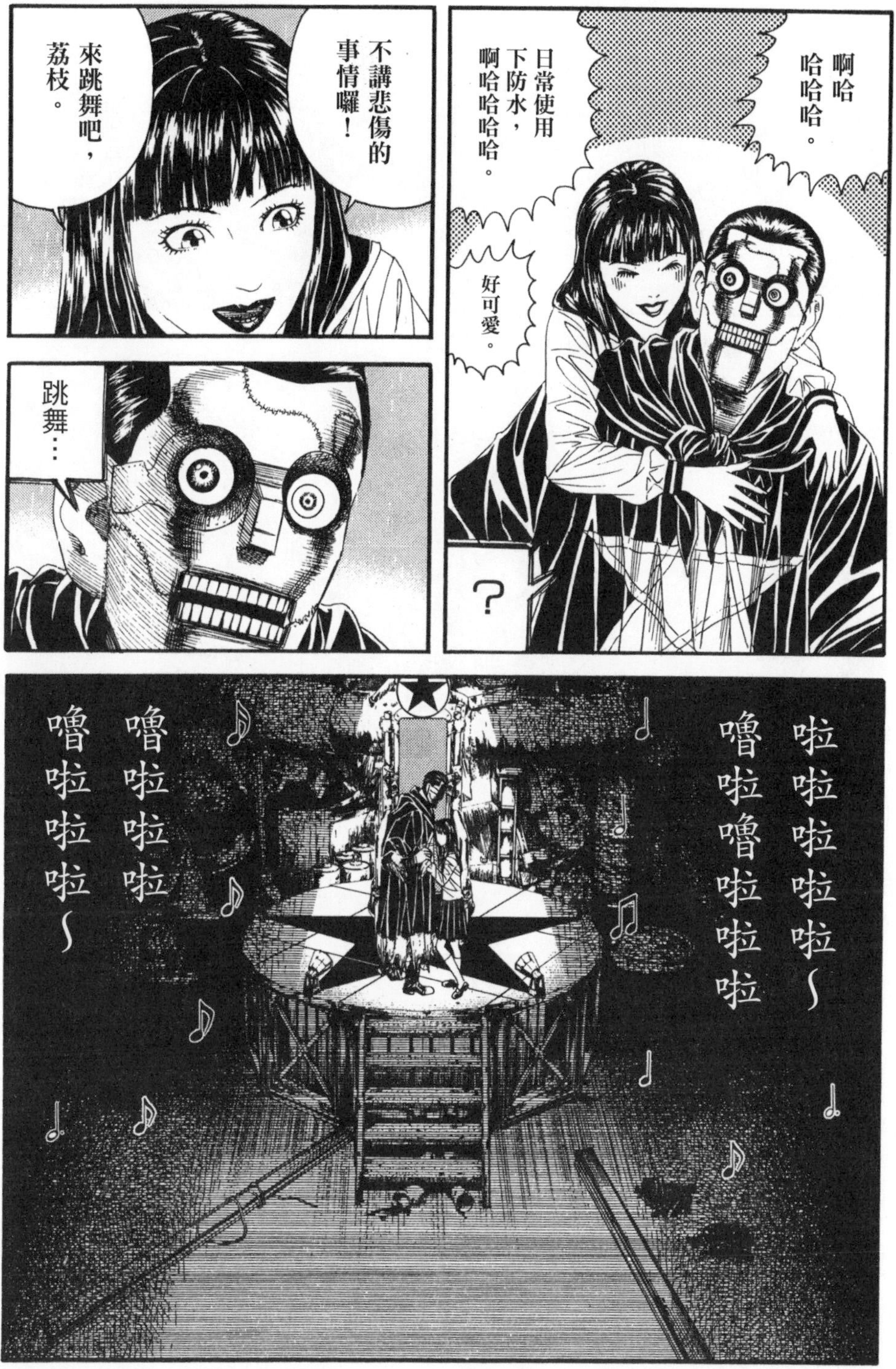
啊哈哈哈哈。
日常使用下防水，啊哈哈哈哈。
好可愛。
？
不講悲傷的事情囉！
來跳舞吧，荔枝。
跳舞…
啦啦啦啦啦～
嚕啦嚕啦啦啦
嚕啦啦啦
嚕啦啦啦～

荔枝，我們現在在一座大城堡裡頭喔。
然後呢，我是公主。
荔枝是被魔法變成怪物的王子。
王子。
荔枝…我看得到你的真面目喔。
荔枝只有在跳舞時會變回人類。
變回人類的你很英挺喔。
非常英挺…

颯——
久違地跳完舞，真是累。
今晚，荔枝也一起睡吧。
這樣我們搞不好會作一樣的夢。
夢…
晚安，荔枝。
晚安，卡農。

睡眠狀態之中，
記憶體內部殘留的，我和卡農相處的各種情景接連浮現，
又消失。
這就是夢…這就是夢嗎？
卡農和我作著一樣的夢嗎？

（轟嗡嗡嗡嗡）
ゴウン
ゴウン
ゴウン
ゴウン
ゴウン

（轟嗡嗡嗡）
ゴウン
ゴウン
ゴウン
ゴウン

ピーー
ピーー
ピーー

ピー
ピ
ピ

ピー
ピー
ピー
ピー
ピー
ピー
ピー
ピー
ピー
（嗶—嗶—嗶—嗶—嗶—嗶—）
早安，廢墟裡的戀人！
行刑時間到了!!

第八話　薔薇的☆處刑

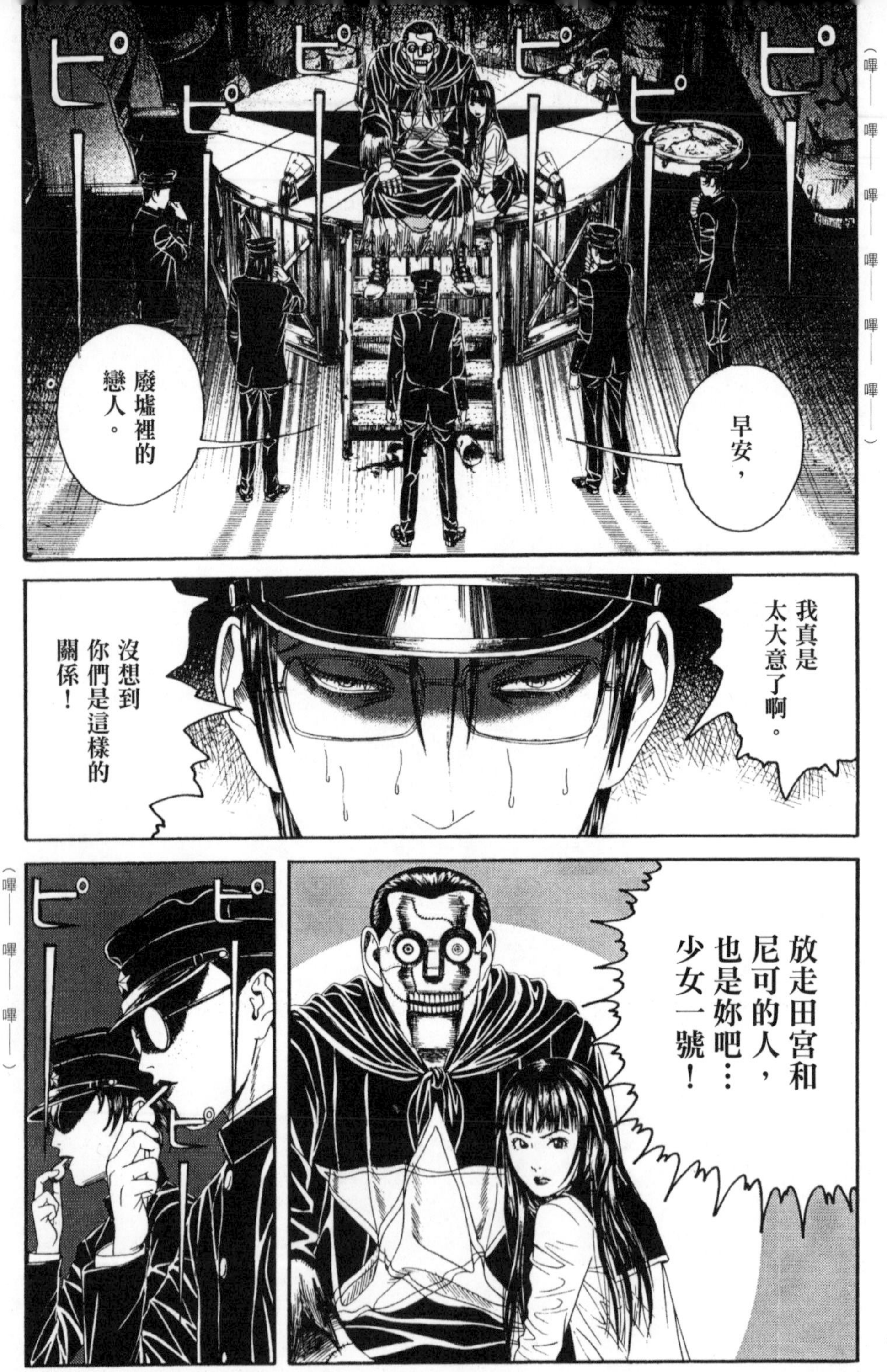
ピピピピピピピピ
（嗶——嗶——嗶——嗶——嗶——嗶——）
早安，
廢墟裡的戀人。
我真是太大意了啊。
沒想到你們是這樣的關係！
放走田宮和尼可的人，也是妳吧……少女一號！
ピピ
（嗶——嗶——）

過來吧，一號。
我來處死妳。
揪
我不會把卡農交給你。
Kanon…她叫卡農嗎！
不…不交給我？
你說不交給我…？

連機械都背叛我了嗎？
呼
呼
Litchi
Li Litchi
Li Li
Litchi
背叛機械
Li Li
Litchi
電算機，拿那個來！
是。
荔枝。

抱歉了，荔枝。
荔枝!?
啊
啊
啊
啊

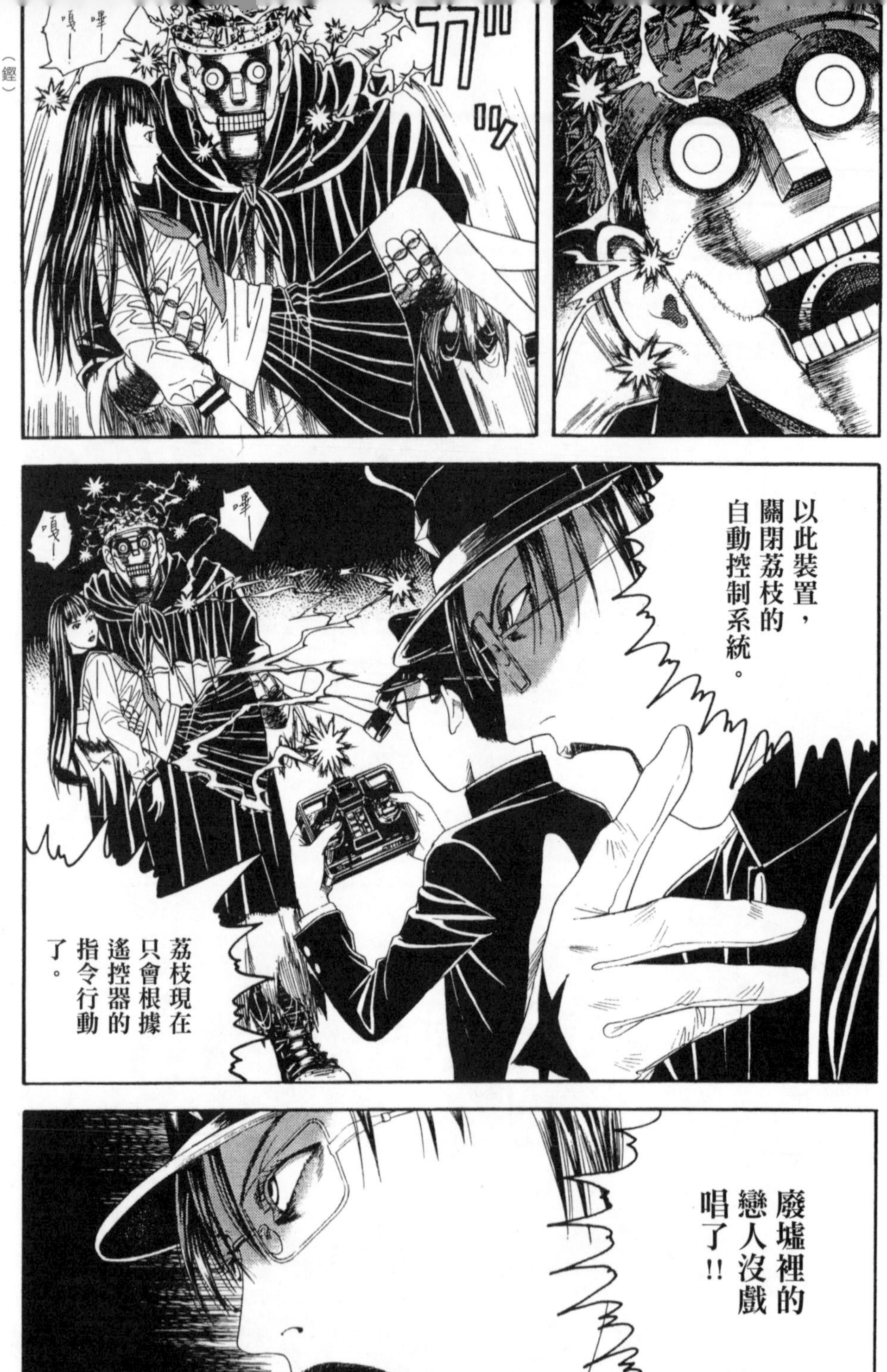
（鏗）
嗶—
嘎—！
ガッ
以此裝置，關閉荔枝的自動控制系統。
嗶—
嘎—！
荔枝現在只會根據遙控器的指令行動了。
廢墟裡的戀人沒戲唱了!!

你真是爛透了！
說…說話了。
爛透了？
這就是妳對我說的第一句話嗎？
我爛透了!?
只…只…只因為我是螢中的，就瞧不起我嗎？
才不是！是因為你殺了人啊。
荔枝還比你有人性！
吵死了，吵死了！
活生生的少女果然會令人幻滅。
那麼，接下來就叫你信賴的荔枝親手處死妳吧!!

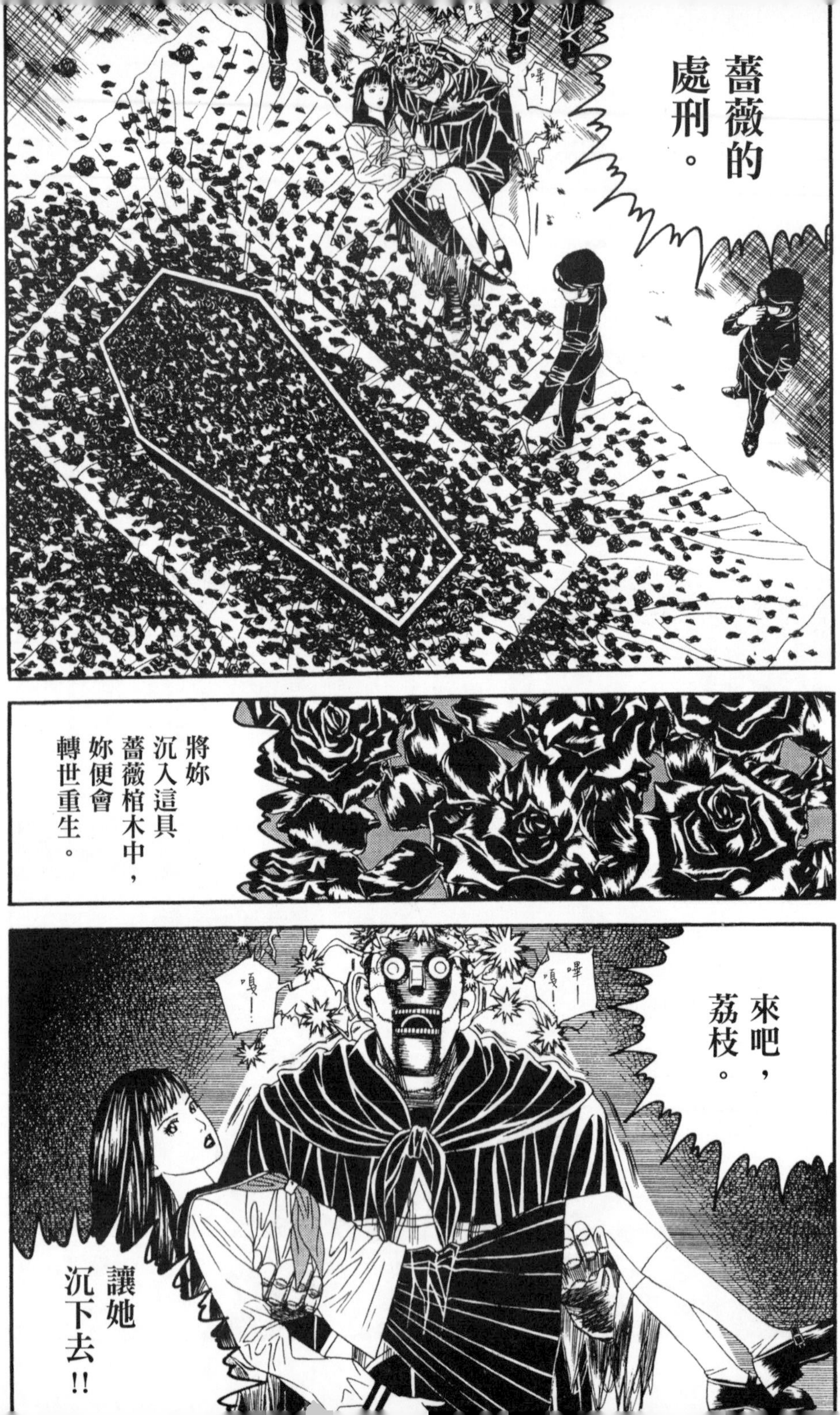
薔薇的處刑。
將妳沉入這具薔薇棺木中，妳便會轉世重生。
來吧，荔枝。
讓她沉下去!!

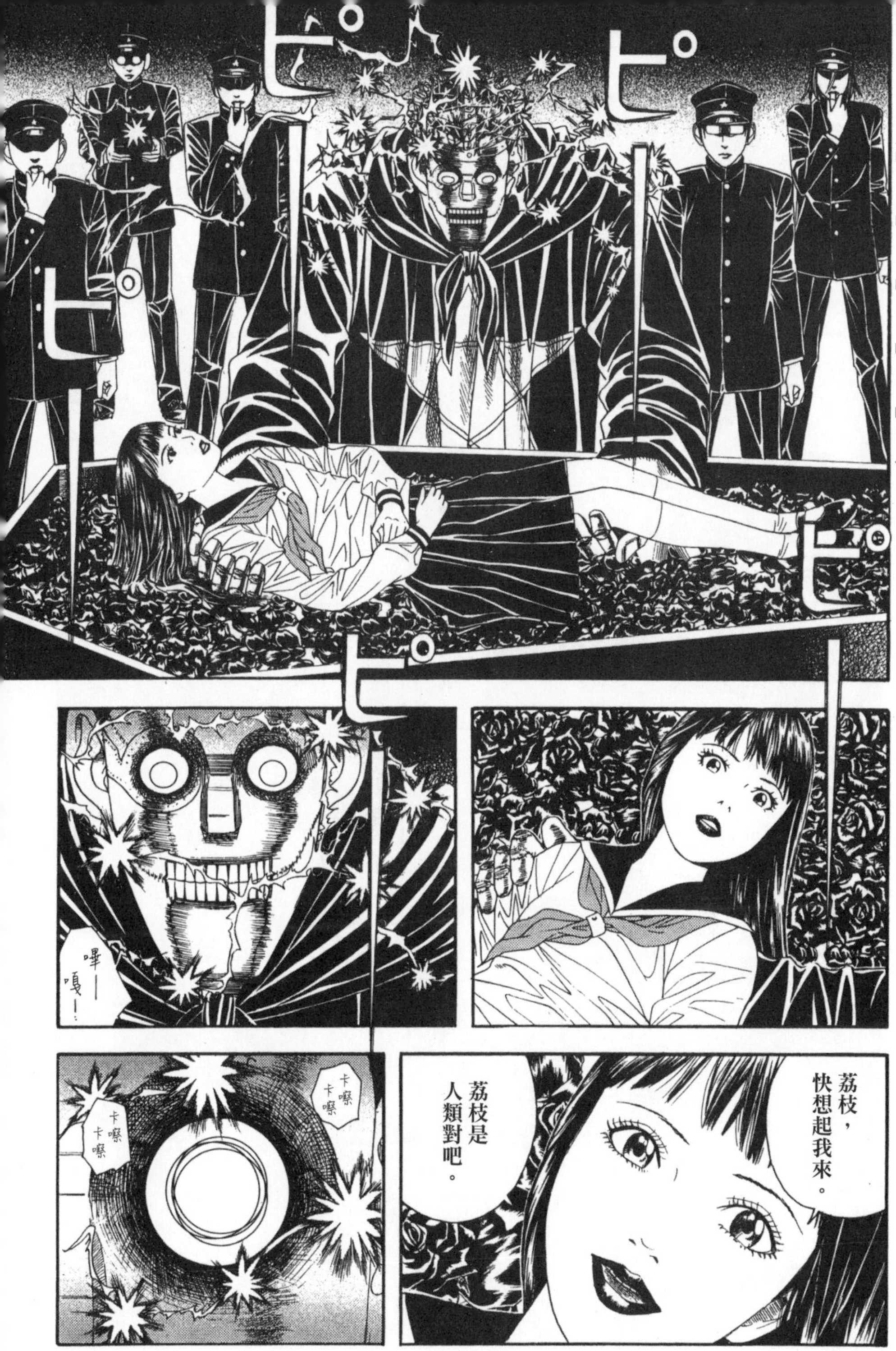
ピ
ピ
ピ
(嗶——嗶——嗶——嗶——嗶——)
ピ
ピ
嗶——嘎——!
荔枝，快想起我來。
荔枝是人類對吧。
卡嚓卡嚓
卡嚓卡嚓

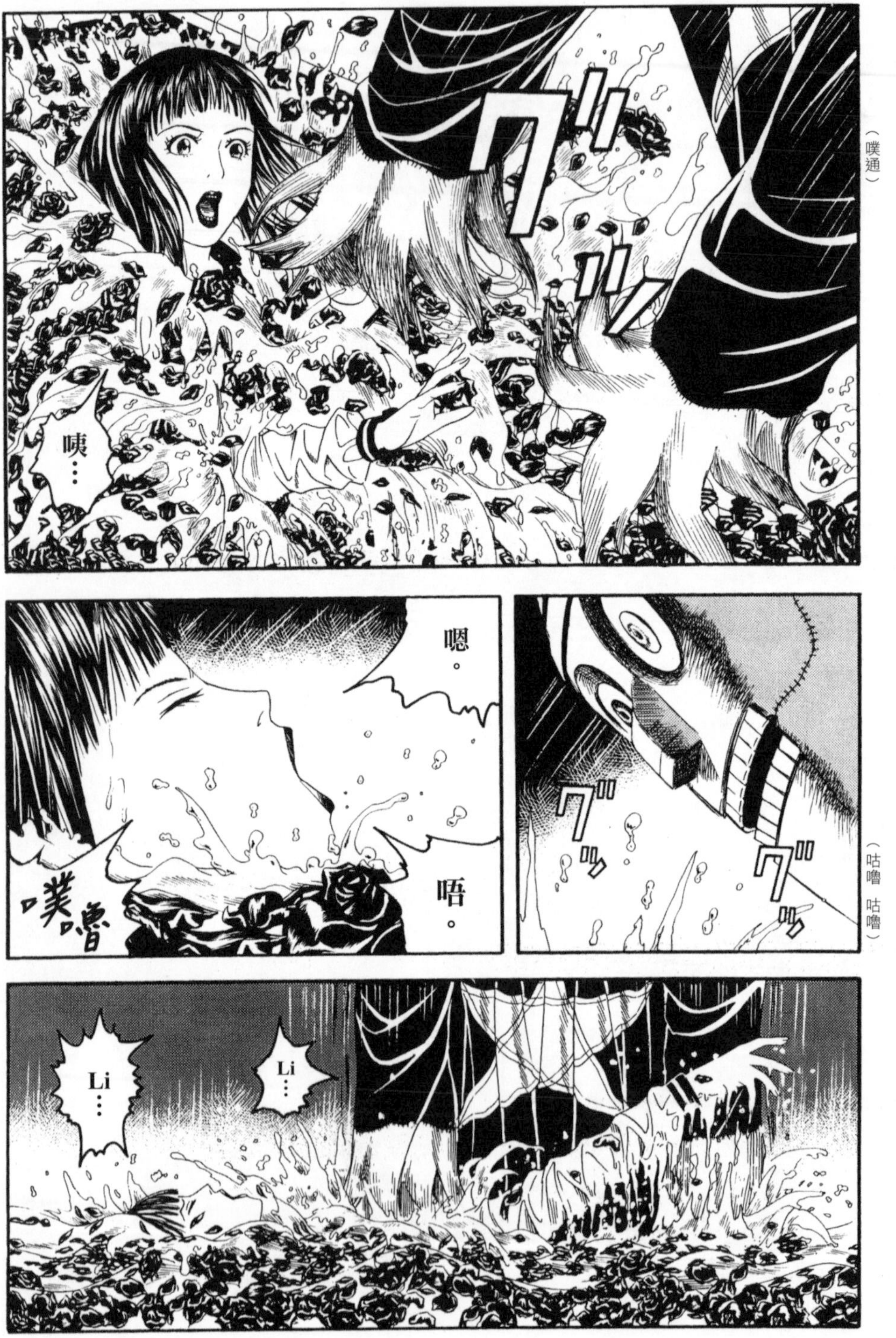
（噗通）
咦…
（咕嚕 咕嚕）
嗯。
唔。
噗嚕
Li…
Li…

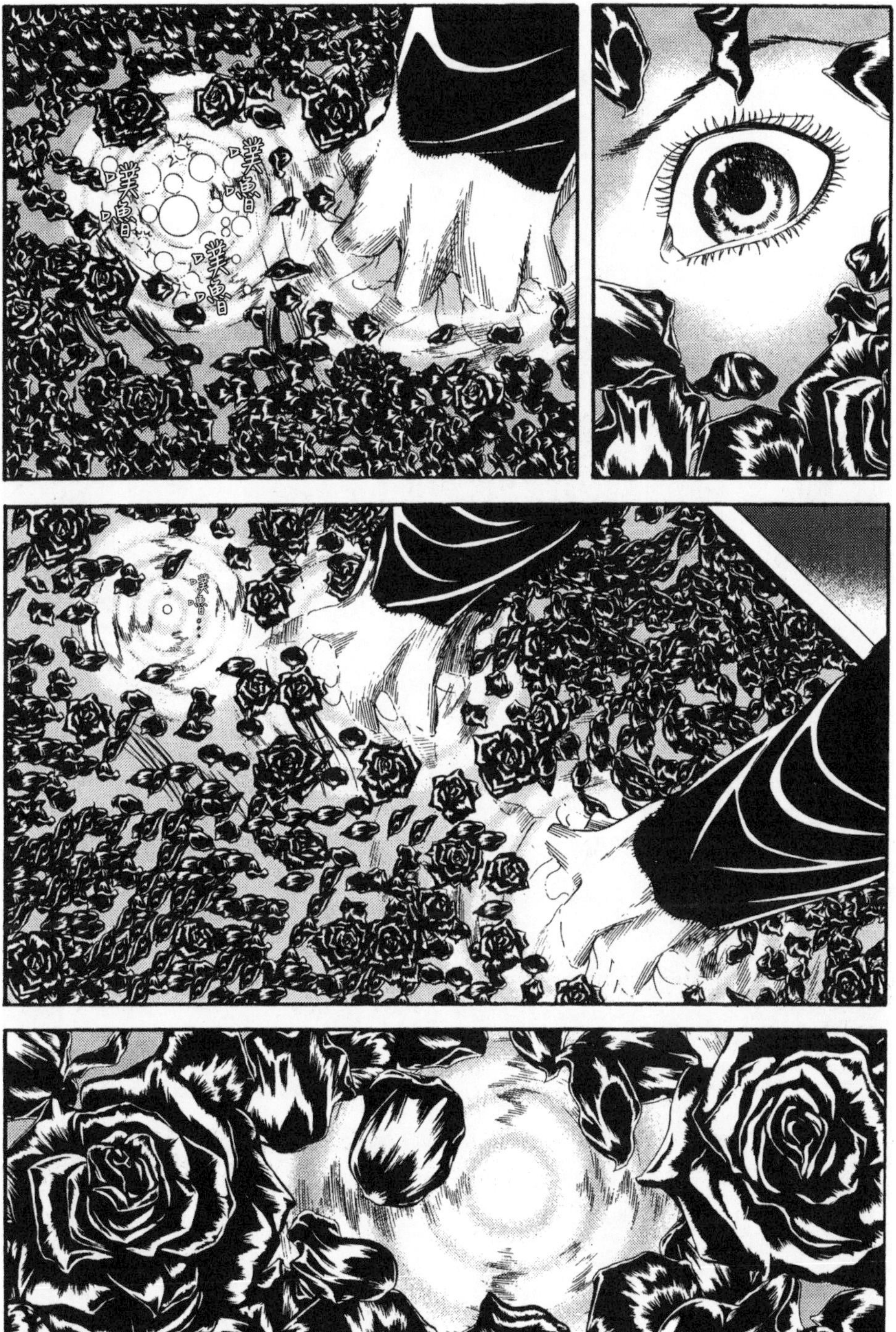
噗嚕
噗嚕
噗嚕
噗嚕⋯

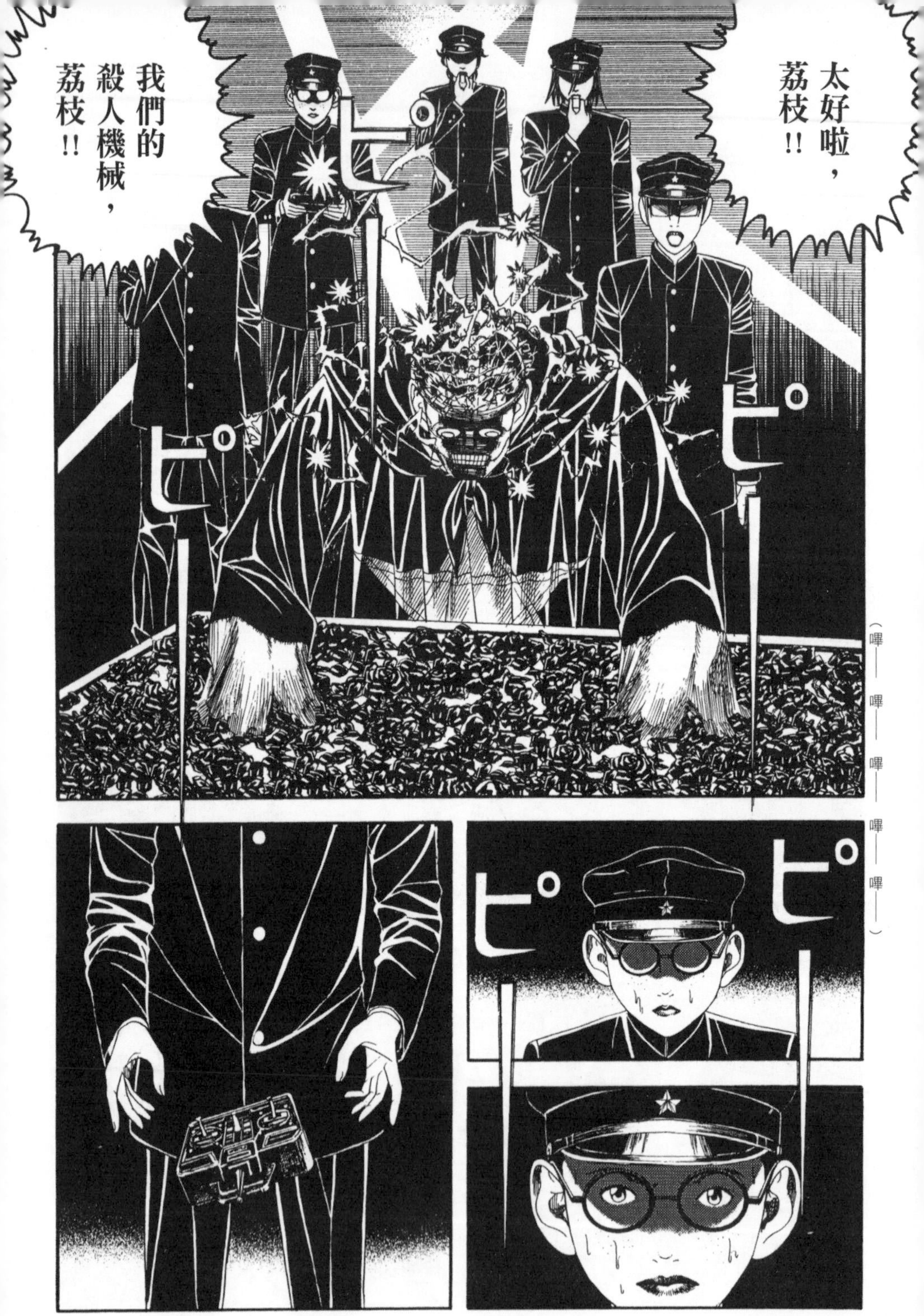

太好啦，荔枝!!
我們的殺人機械，荔枝!!
ピ
ピ
ピ
ピ
ピ
(嗶——嗶——嗶——嗶——嗶——)

ガッ
（喀）
！
電算機，
你在做什麼!?
電算機!!
嗶啦。。

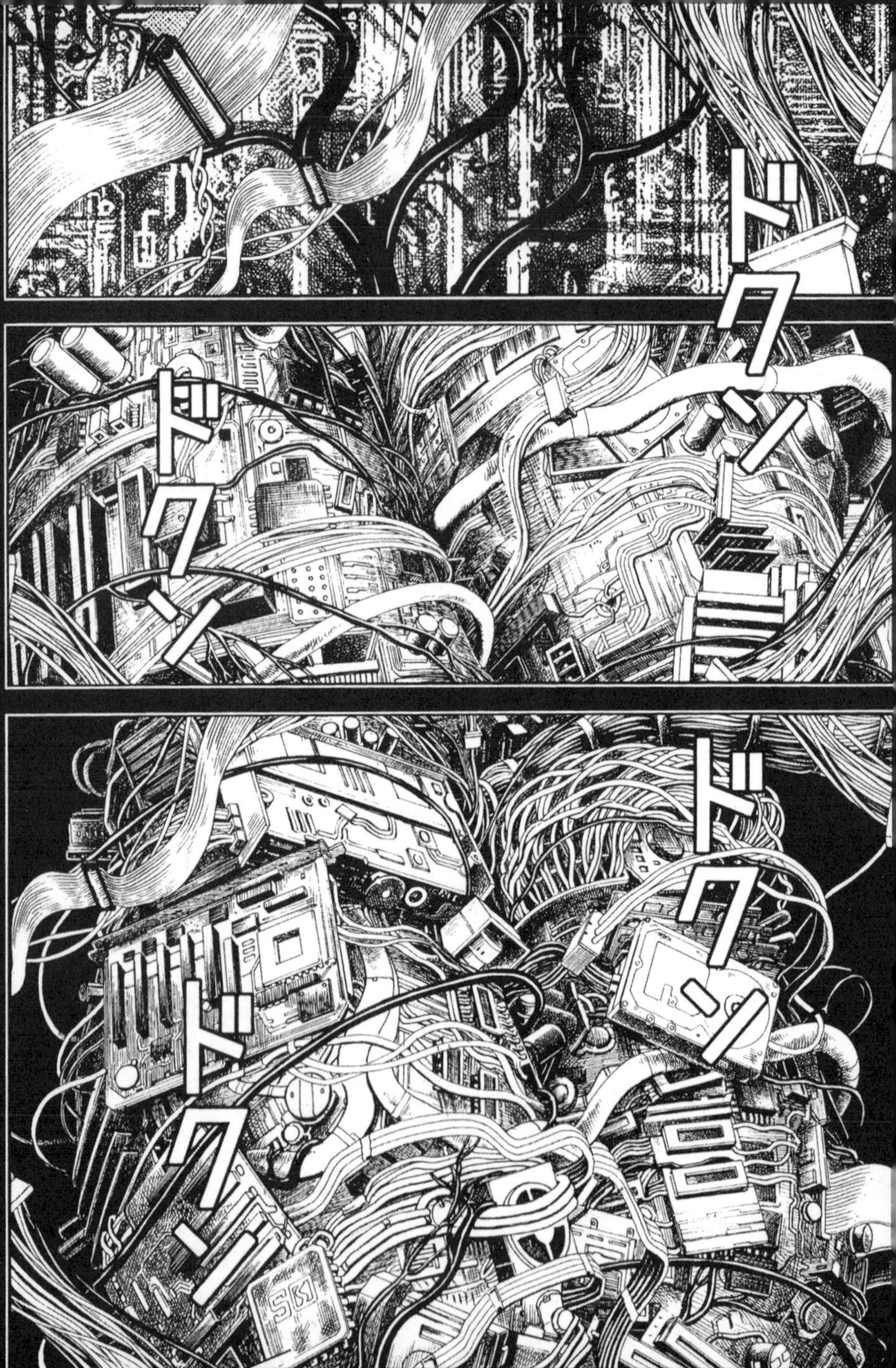
ドクン
ドクン
ドクン
ドクン

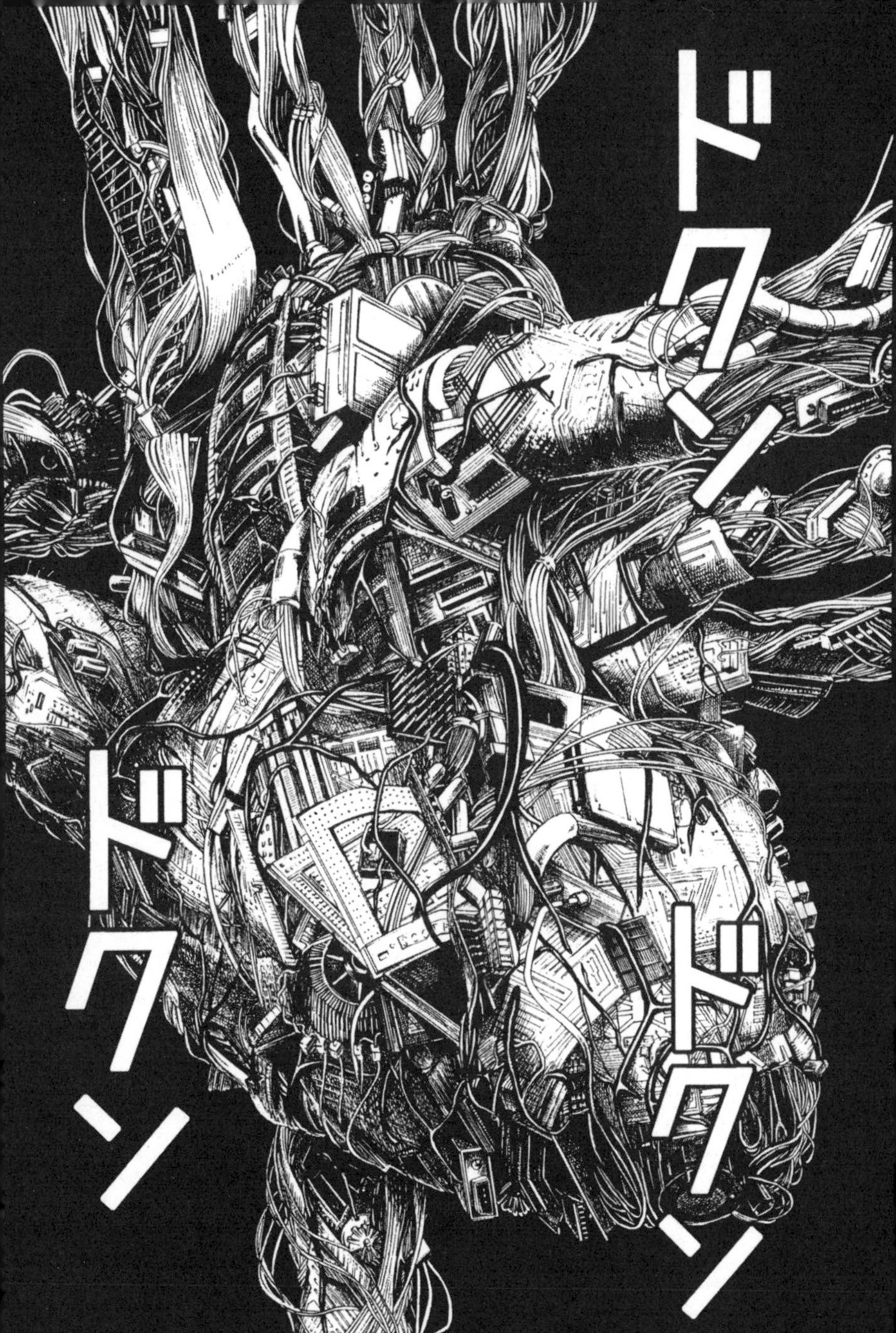
ドクン
ドクン
ドクン

咦。

（噗嚓）

ずる……
（兹噜）
ドサ
（咚唰）
咿，雅各!?
！
咿！
咿——

嘎嘎
嘎
嘎
嘎
嘎嘎
嘎
嘎嘎嘎

死了
嘎
嘎
卡農殺了

我
殺

啊嘎嘎啊
(啪)
ガッ
咿
嘎啊
啊嘎
不要啊!!
不……
住……
住……
住手。
至少不要
弄傷臉……

呵呵呵呵呵呵呵呵呵呵呵呵
（噗嚓）
咿
呵
呵
呵
呵
電…
電算機！
阻止他失控啊——!!
嘎
嘎
太…
太…

太…
太棒啦，荔枝……
ビシャ
（啪嚓）
嗄啊啊啊啊
我…
我…

我成功了!!
喀戛
喀戛
喀戛
我做出前所未有的……
程式了!!
ズ
(茲嚓)

人類的…
心…
（啪嚓）
嘎啊啊
怎麼會這樣！

電、電算機……
你才是真正的叛徒啊！
(嘰嘰嘰嘰)
ギギギギ
(隆隆隆)
啊啊
啊
啊…
啊……
唔……
啊啊
啊
啊啊啊啊

呼
呼
呼
呼
呼
呼
停…
停下來了……
哈…
哈哈。
滴
滴
哈哈哈。
燃料用盡了嗎！
真遺憾啊，
荔枝。

Jaibo，出來啊。
Jaibo。
哈
哈哈
Jaibo逃了嗎。
很像他會幹的事呢。
呼
呼
呼
呵呵呵呵呵呵
行程雖然稍微被打亂了，但沒差。
我活下來了。
我身上果然有黑星!!
計畫執行完畢！

死掉的少女，
真是美呢。
在這份美面前，
呼
呼
呼
呼
Jaibo也只是區區一個男人。
呼
呼……呼。
呼
呼
呼
呼
呼
呼
ドドドド
（隆隆隆隆）
!

（隆隆隆隆）

（隆隆隆隆）

啊
啊啊啊啊
唰……
水、水……
是…是誰幹的好事!?
我…
我…
我的光俱樂部要沉到水裡了!
你是不是搞錯什麼了?

這裡是，
我——的「光俱樂部」！

真醜陋呢……
長這樣……不就和……沒分別嗎……
怎麼會這樣……

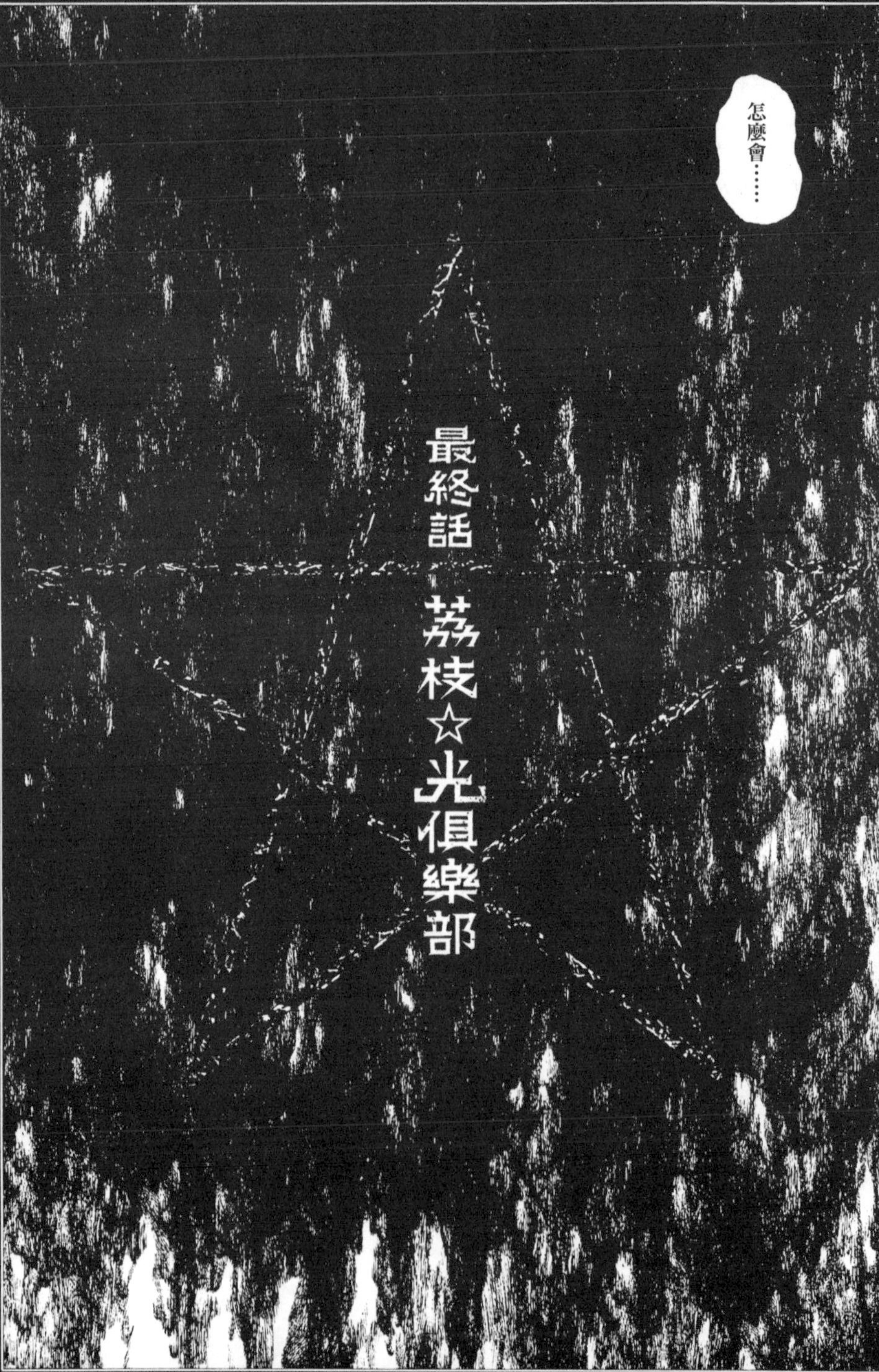
怎麼會……
最終話
荔枝☆光俱樂部

這裡是我的「光俱樂部」！
咿！
是田宮嗎！

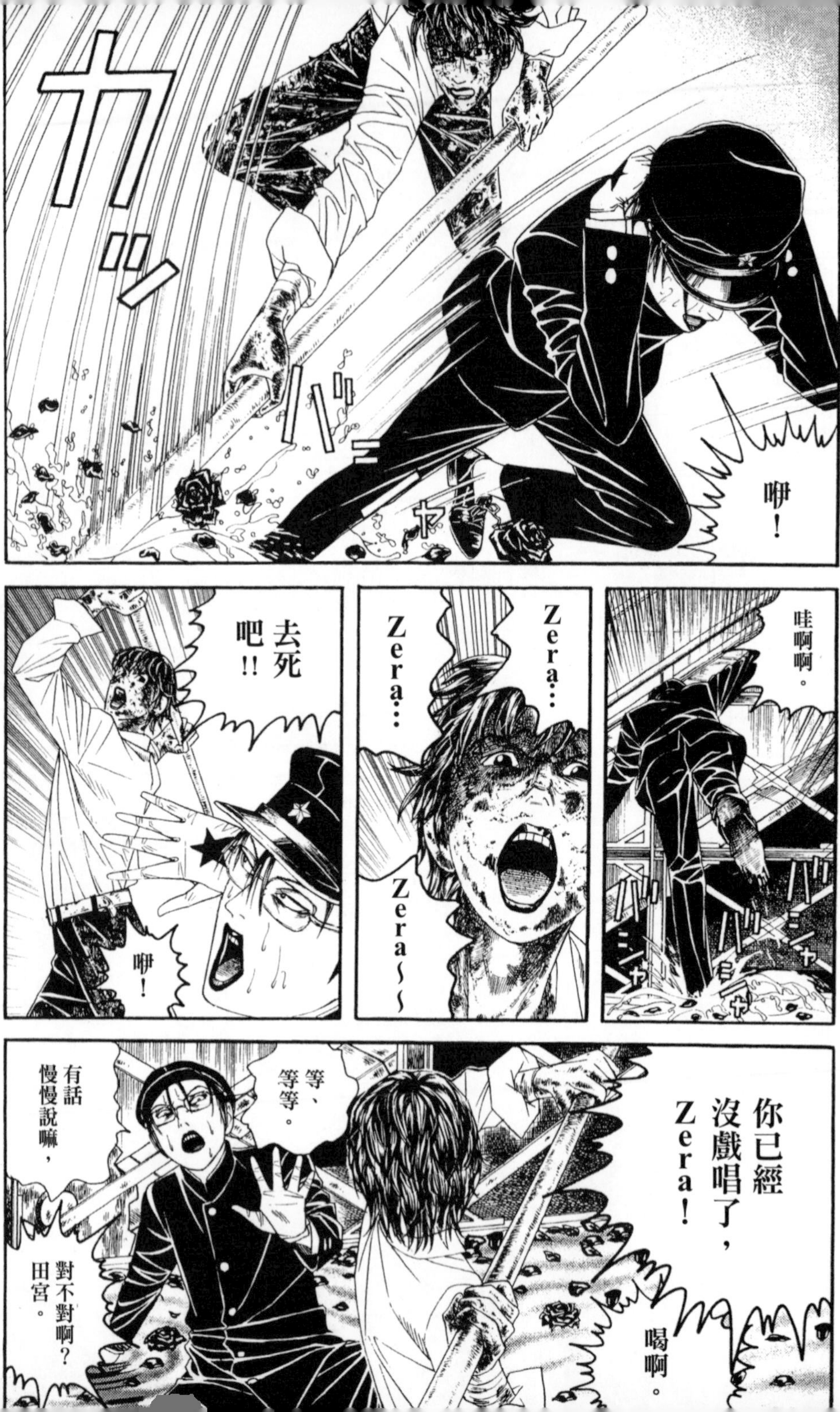

（喀）
（嘩啦）
（嘩啦 嘩啦 嘩啦）

カハッ
（喀）
嘿，活該啦你，Zera。
水一點一點地淹過你了!!
咕嚕咕嚕
嗚。
住…
住手…
明明是你不對，你背叛了我不是嗎……
啊
啊
還給我…
嗚
咿
把我的荔枝還給我啊～～
嗚
Zera，你還沒發現嗎？
不知道誰是真正的叛徒嗎!!

你…你…你在說啥啊？
你，
給我聽好了，Zera。
咦。
害光俱樂部瓦解到這個地步的人，
並不是我。
是誰放走三名少女，
嫁禍到佃犬身上，
害他被處以死刑!?
三名少女…
不是佃犬嗎？
是誰凌辱我妹玉子!?
妹…妹妹？
我可沒…沒做到那地步喔。

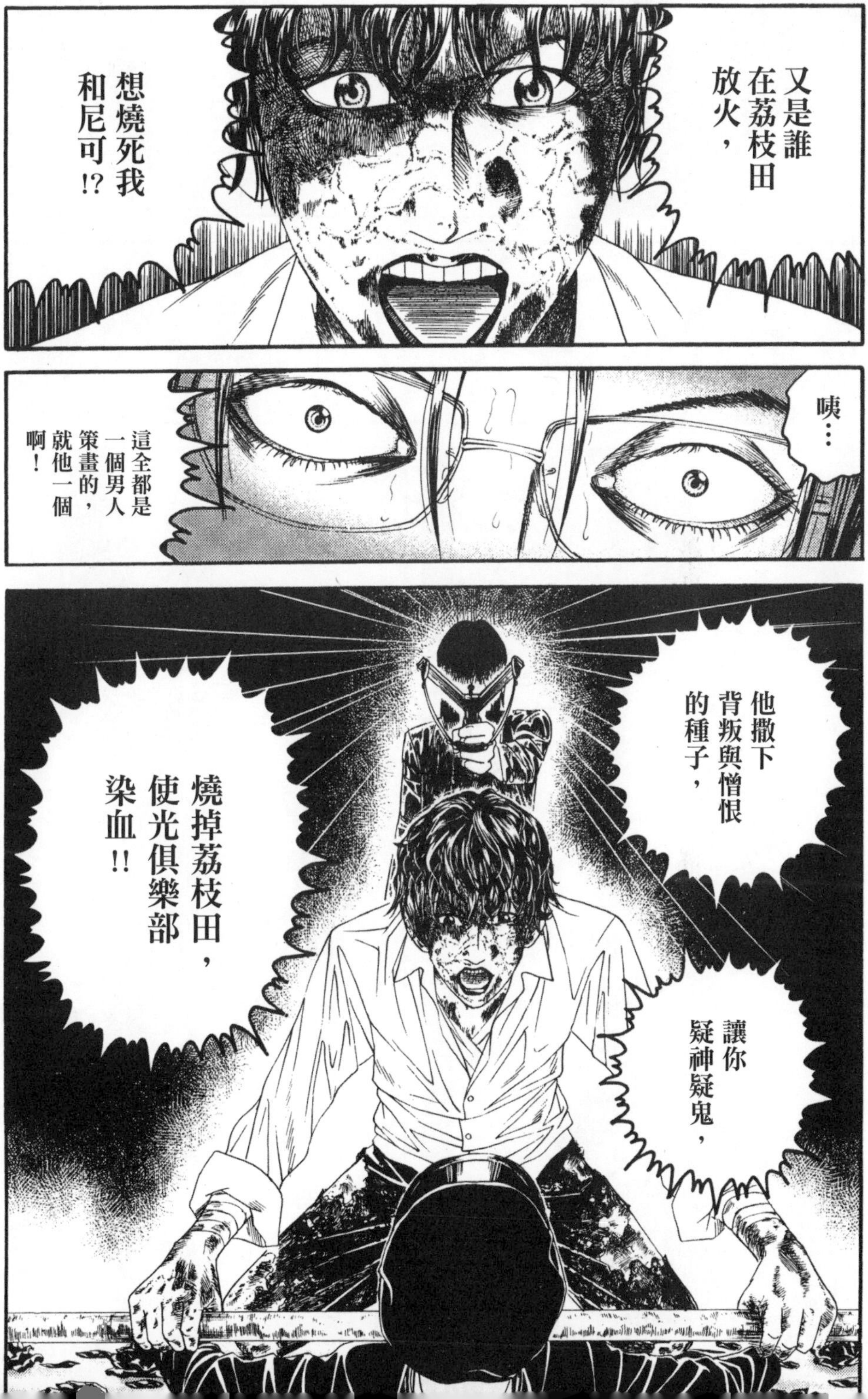
又是誰在荔枝田放火，
想燒死我和尼可!?
咦…
這全都是一個男人策畫的，就他一個啊！
他撒下背叛與憎恨的種子，
讓你疑神疑鬼，
燒掉荔枝田，使光俱樂部染血!!

嘰哩
嘰哩
不……
不……
不會吧……
嘰哩
明明無辜卻背負罪名死去的佃犬金田，
還有尼可。
你知道他們有多不甘心嗎!?Zera！
不會吧。

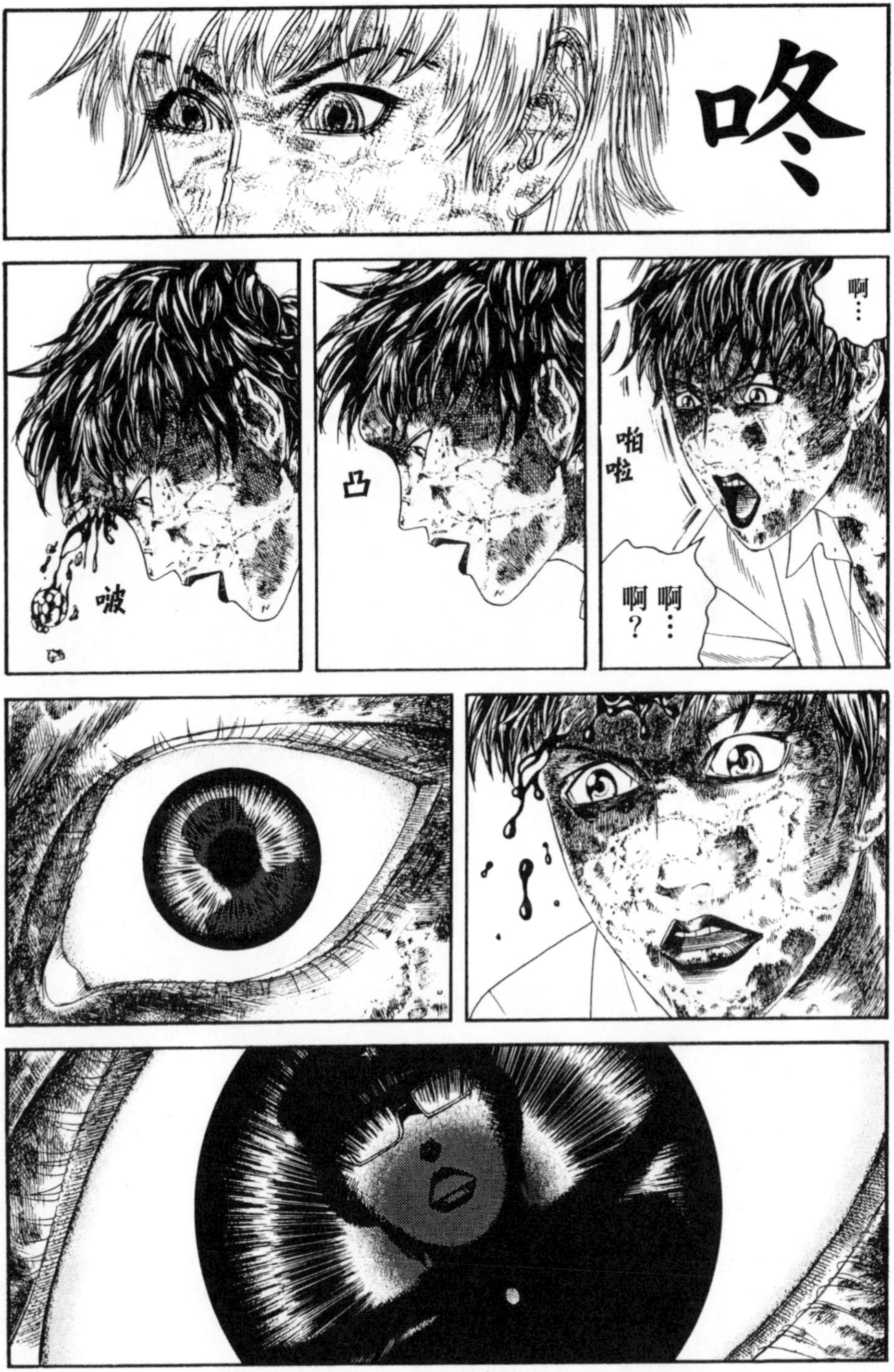
咚
啊…
啪啦
啊…
啊？
凸
啵

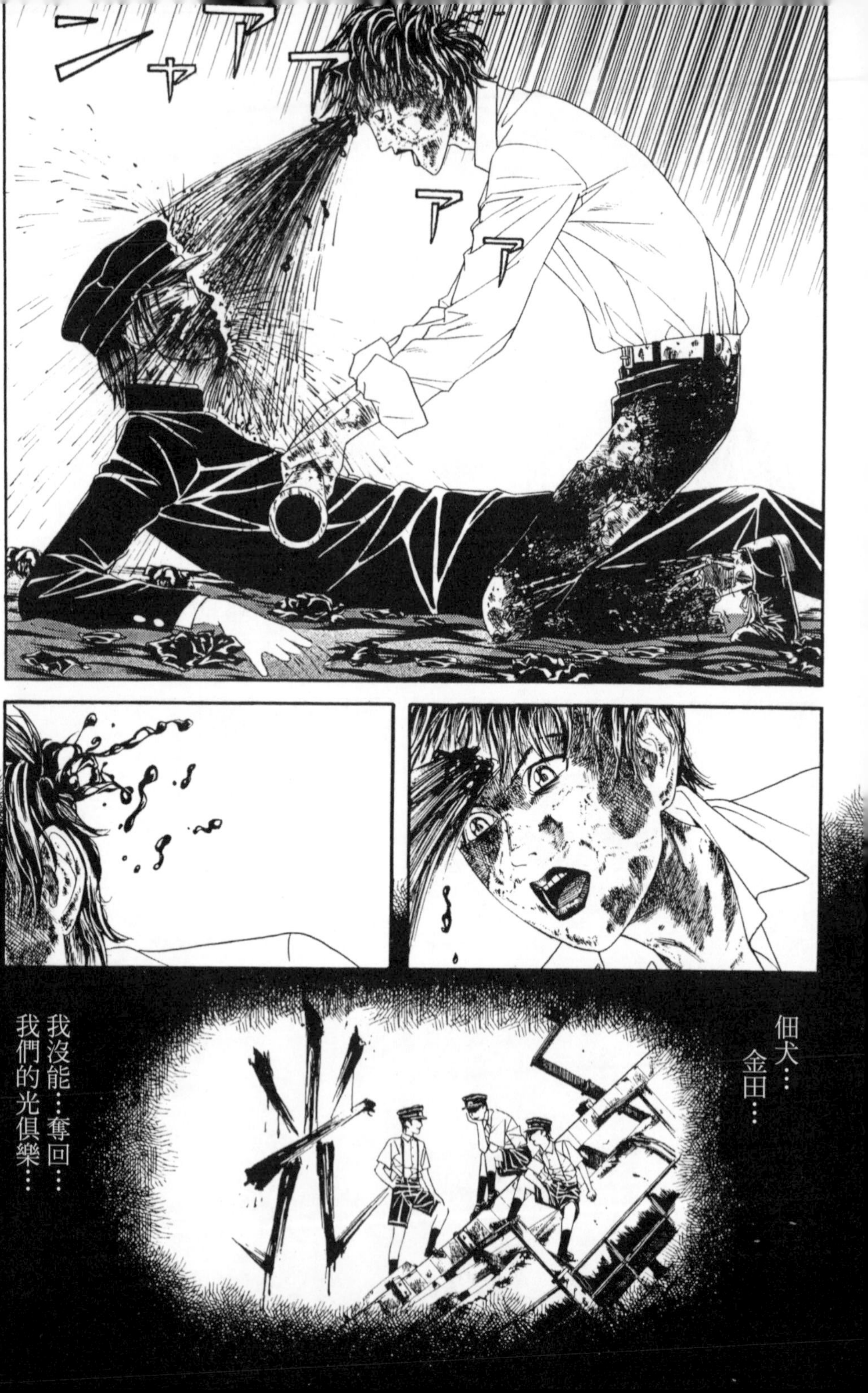
シャアアアア
（唰——）
佃犬…金田…
我沒能…奪回…我們的光俱樂…

噗嚕
噗嚕
呼
呼
呼
呼
呼
呼
是你嗎!?
呼
呼
難道說…
難道說…
呼
呼
呼

是你嗎？
Jaibo!!
是啊。
是我幹的唷。

呀哈。
你為什麼都沒發現呢？
折斷黑色國王的是我呀！
我幫金田打了肌肉鬆弛劑，所以他沒辦法說話。
呼
呼
是致死量，所以就算不行刑，他也會死。
我還抽走尼可的錢包，讓他折回來時撞見我們喔。

颯
颯
颯
颯
颯
颯
Jaibo，你說要跟我聊Zera，是聊什麼事？
嚓
把田宮叫到荔枝田去的人也是我呀!!
我打算燒死他，連同跟過來的尼可!!
(嘩啦 嘩啦)
チャプ
チャプ
チャプ
チャプ
Jai…Jaibo。
為什麼…為什麼這麼做!!

我不要……
我全部，
都不要喔。
ザバ
（嘩啦）
要是光俱樂部
從世界上消失
就太棒了!!
我要這女人，
還有荔枝，
全都給我消失啊。
チャプ
チャプ
チャプ
（嘩啦）

奪走Zera芳心的東西，
全都給我消失就對了！
住…住…
住手啊。
可恨…
我恨她奪走你的心…

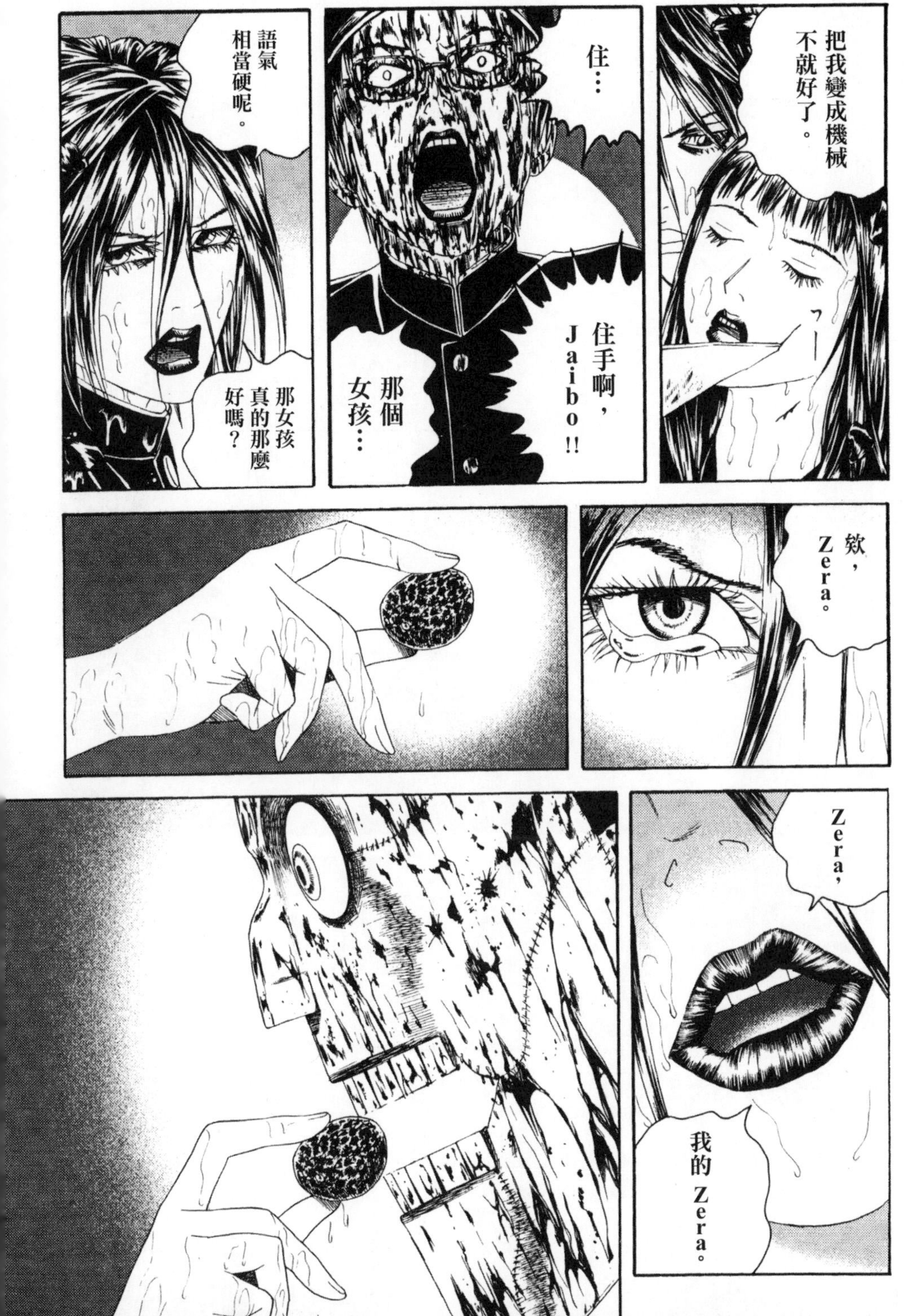
把我變成機械不就好了。
住…
住手啊，Jaibo!!
那個女孩…
語氣相當硬呢。
那女孩真的那麼好嗎？
欸，Zera。
Zera，
我的Zera。

呃…
喂…喂！
Zera，嘿。
Zera…
我已經不漂亮了嗎？

我開始變聲囉。
還有，鬍子也長了一點出來喔。
嗚
嗚
啊啊～
我要漸漸變成大人了……
醜陋的大人…
（轟隆隆）
（隆隆隆）
喂…
喂！
我不要啊…Zera。
我想要你看著我，只看我一個。

嗚
嗚
我愛你。
嗚
啊
我愛你啊，Zera……
啊
啊

(咚)

(啪哩 啪哩 啪哩 啪哩)

グニャ

我剛剛怕死了，
荔枝。
卡農
還活著。
為什麼卡農
還活著？
？
？

第一次見面時，我告訴過你啊。
我說「我在學游泳」。
多虧田宮同學給我這顆果實……
我才能再度見到荔枝呢。
呼
呼
トプン
トプン
トプン
（噗嚓　噗嚓　噗嚓）

Jaibo。
Jaibo……
啊…
啊…
啊…
啊
哈哈哈哈哈。
哈哈哈哈。
嘻。
嘻嘻嘻嘻
啊哈哈哈哈。
嘻嘻嘻嘻嘻嘻嘻嘻嘻
嘻。
Jabio這傢伙…哈。
說什麼…我愛你…哈哈哈。
蠢蛋。
哈哈哈哈。
噗嚕
噗嚕
噗嚕
明明是個玩具，還有感情啊!!

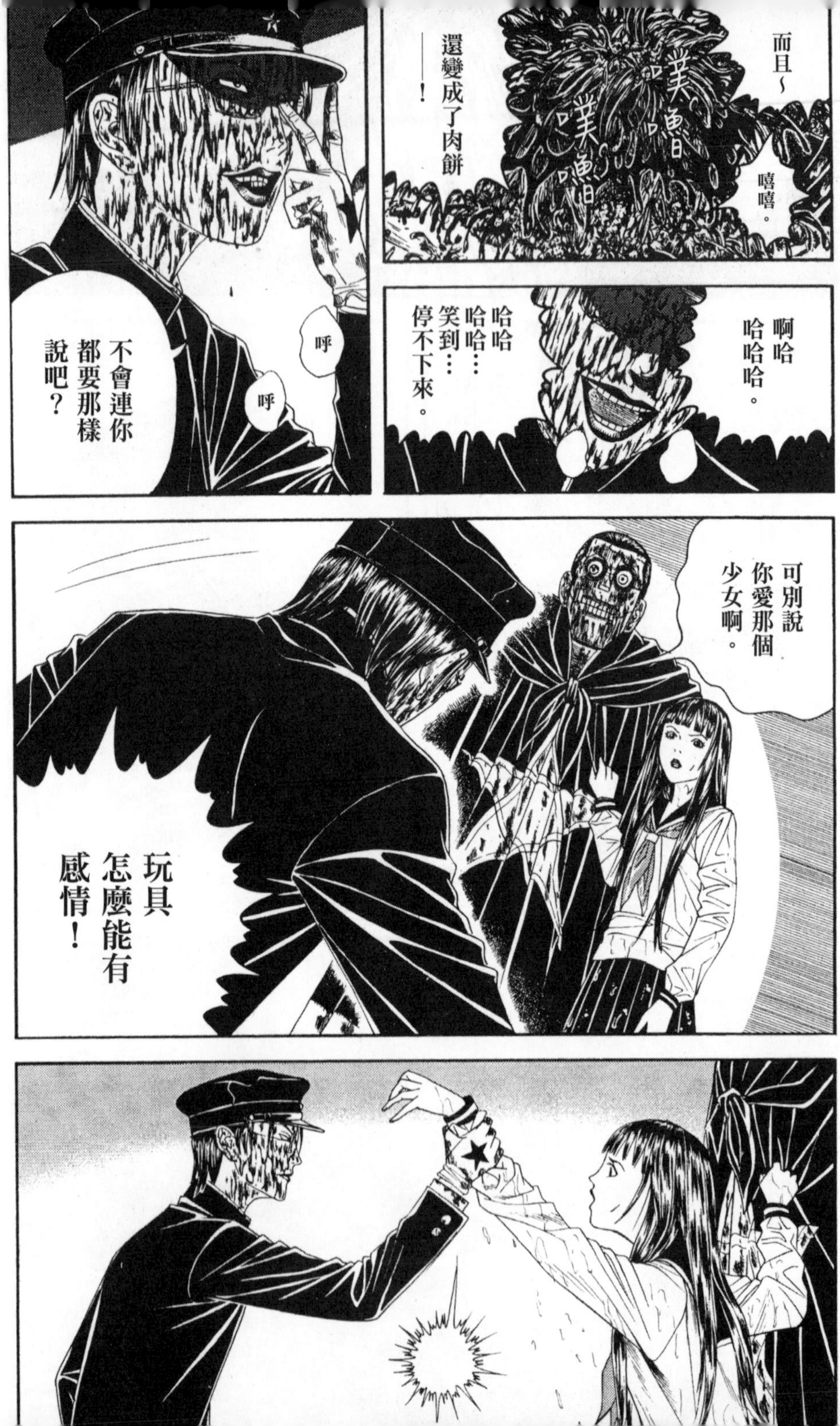
而且～
噗嚕噗嚕
嘻嘻。
還變成了肉餅——！
呼
呼
不會連你都要那樣說吧？
啊哈哈哈哈。
哈哈哈哈…笑到…停不下來。
可別說你愛那個少女啊。
玩具怎麼能有感情！

大小姐，
讓我們一起跳支舞吧！
唔。
（嘎）
啊啊啊。

（嘩啦）
バーンャ
我的手!!
卡嚓
卡嚓
卡嚓
卡嚓
這麼一來，
你也沒戲唱了。
荔枝！
（砰）
ボリン

!
荔枝——
メラメラ
メラメラ
啪哩啪哩啪哩
你對荔枝做了什麼!?
根據程式設定，
他一打算加害我就會自動起火！
呼
呼

（啪哩 啪哩）

死光了……所有人都死了啊。
好一齣殘酷劇啊!!
這裡不久後也將沉到水底。

我們兩個一起打造新的光俱樂部吧。
我們要成為亞當和夏娃，締造創世紀!!

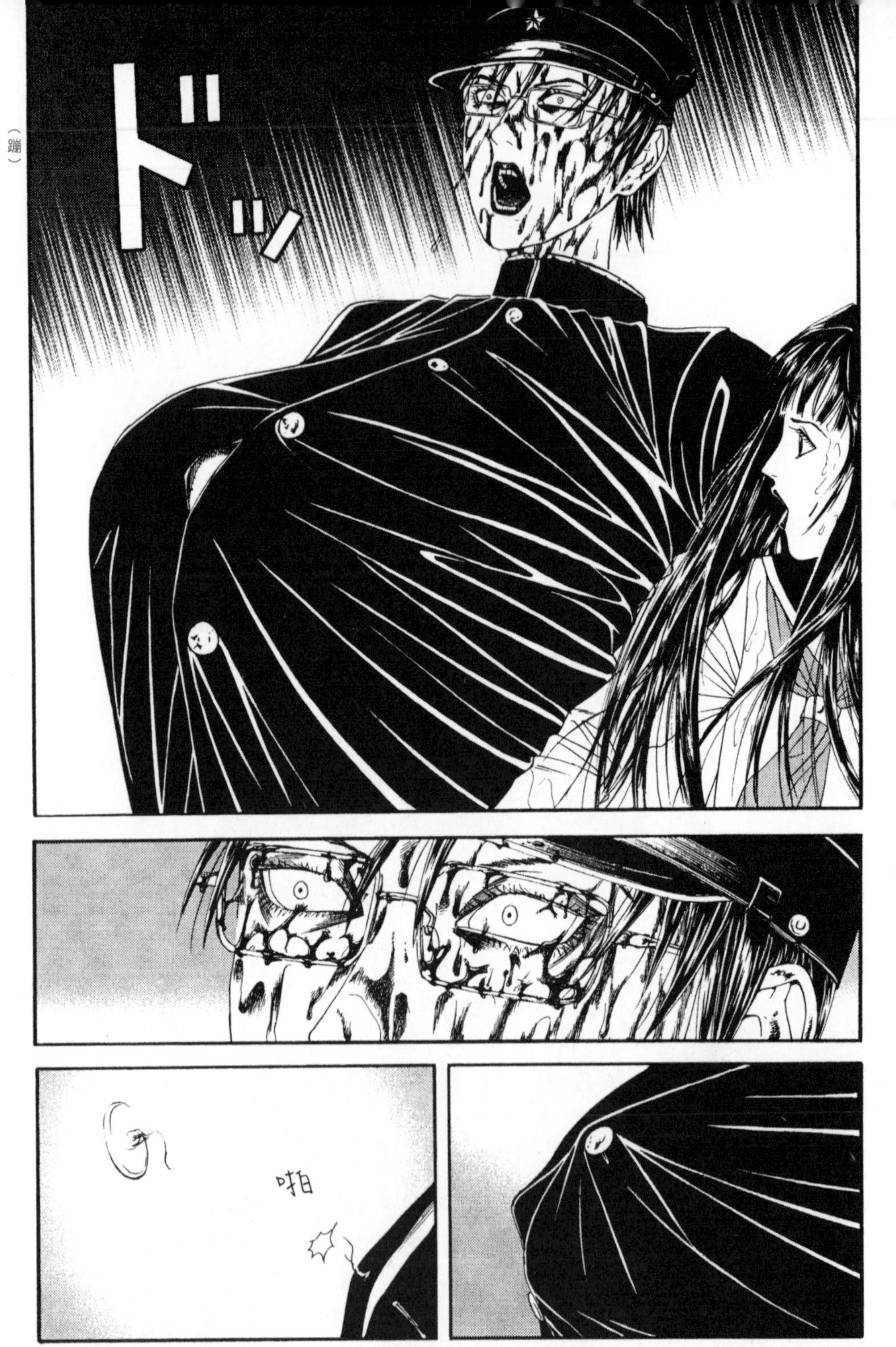
（蹦）
ドッ
啪

噗唰
咦。

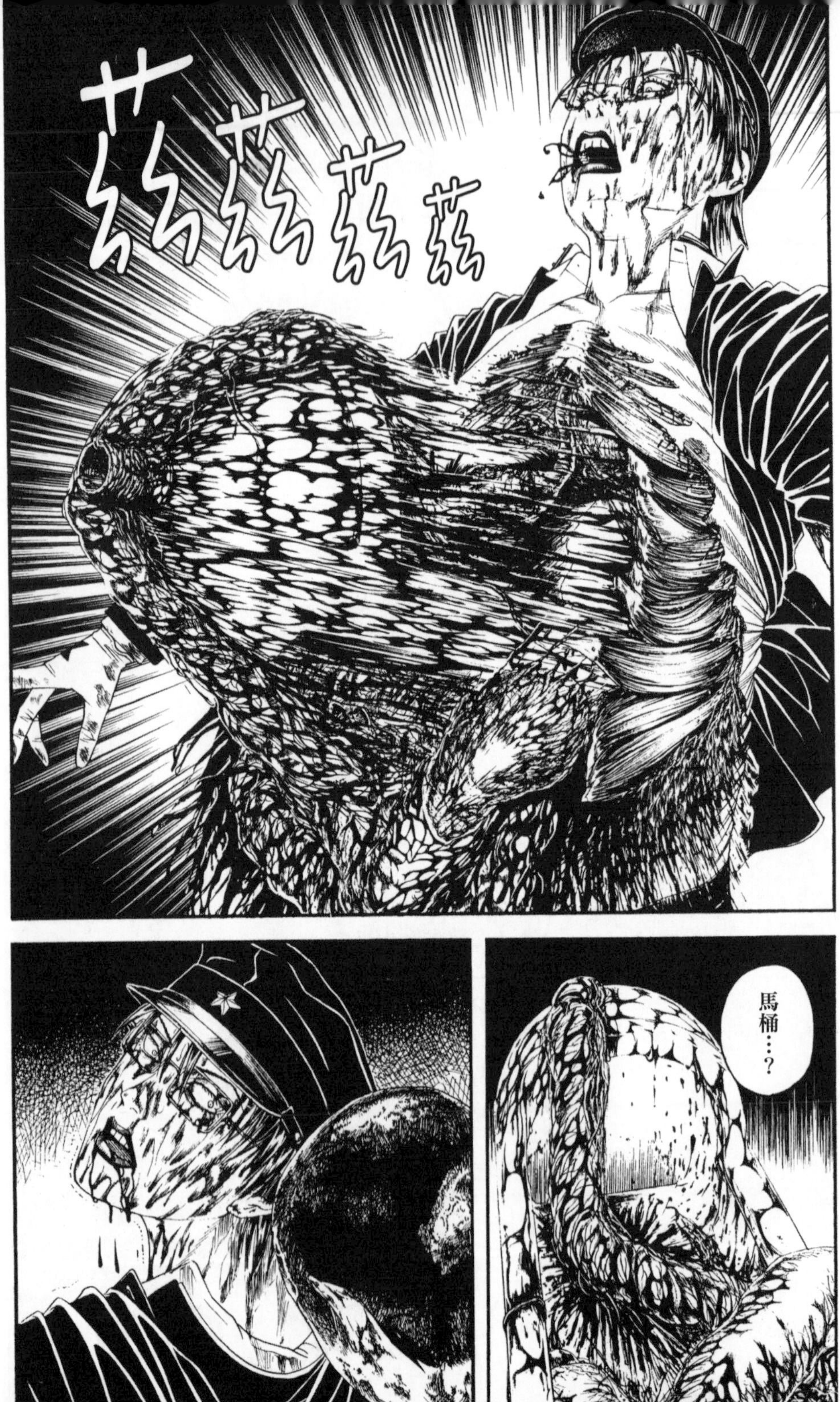
茲茲茲茲
馬桶…？

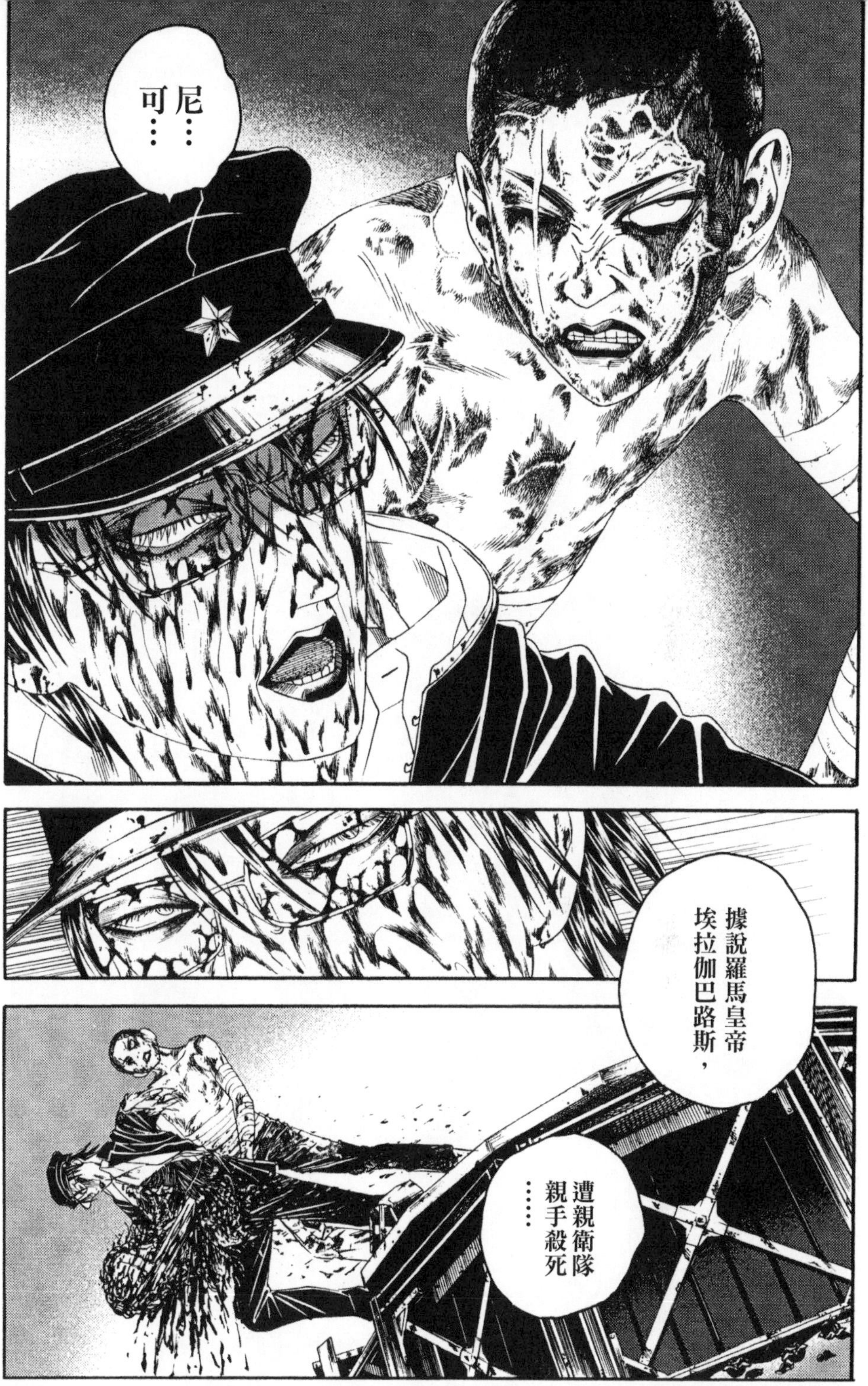
尼……可……
據說羅馬皇帝埃拉伽巴路斯，
遭親衛隊親手殺死……

（嘩啦）

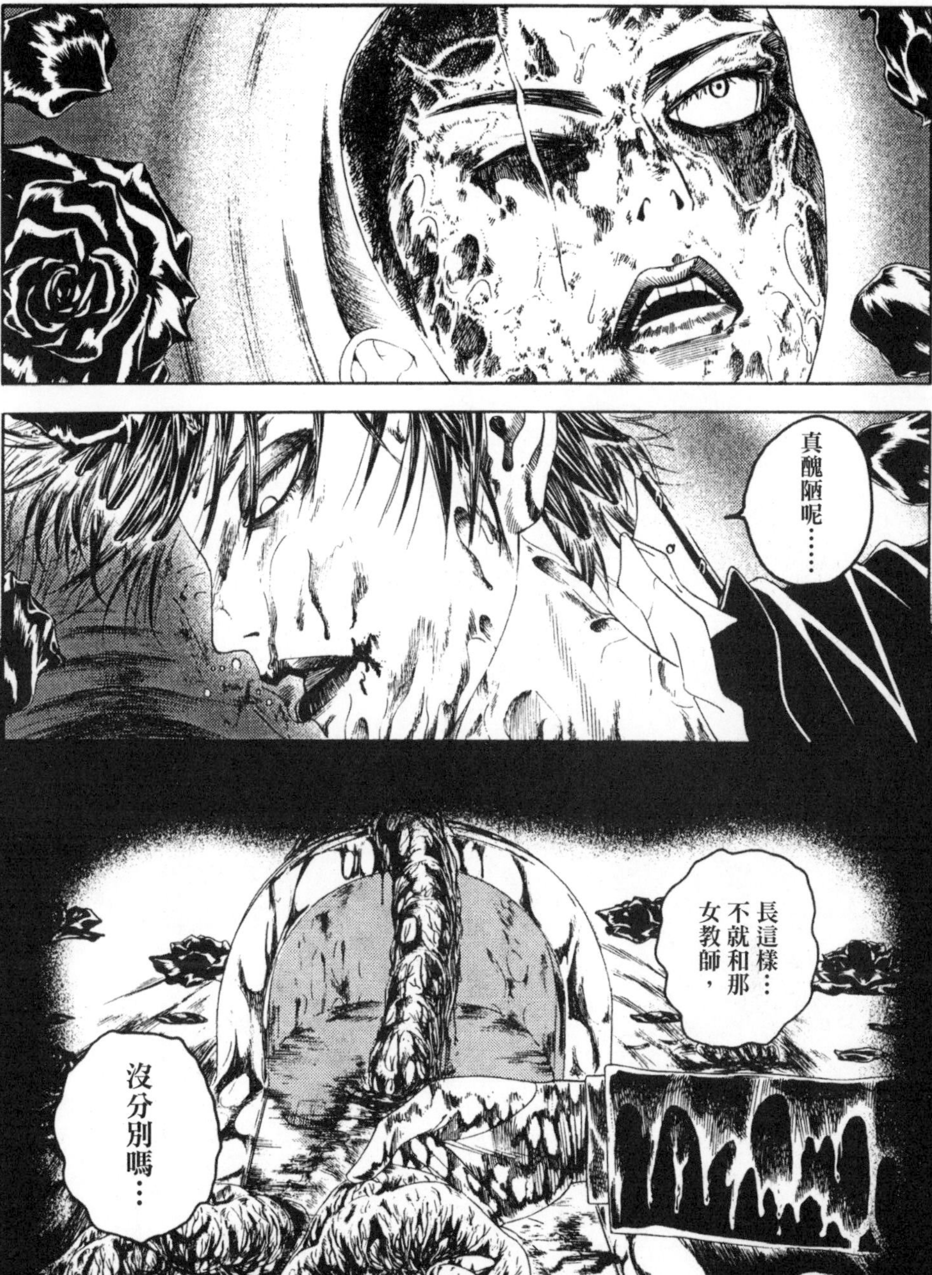
真醜陋呢……
長這樣…不就和那女教師，
沒分別嗎…

（啪）
荔枝！
（轟——　啪哩　啪哩）
（嘩啦　嘩啦　嘩啦）

（啪唰）
（嘶——嘶——嘶——）
荔枝！
振作起來，荔枝！
（啪唰 啪唰 啪唰）
Ka
no
n
Ka…

振作啊，荔枝。
我
殺了
殺了很多
所以已經
沒辦法
變成人了
不，你錯了。
荔枝是人類呀。
真正的人類。

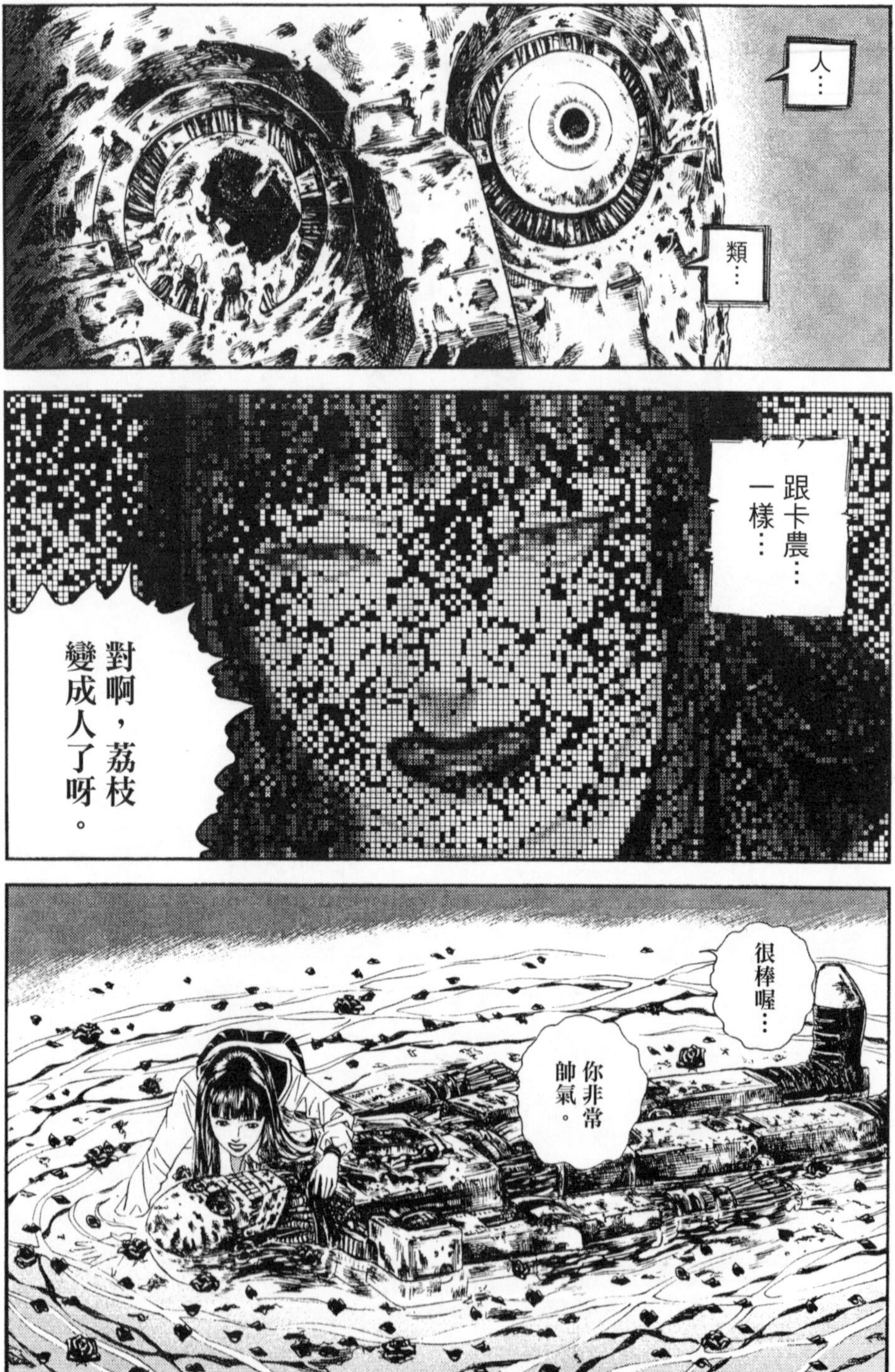
人…
類…
跟卡農…一樣…
對啊，荔枝變成人了呀。
很棒喔…
你非常帥氣。

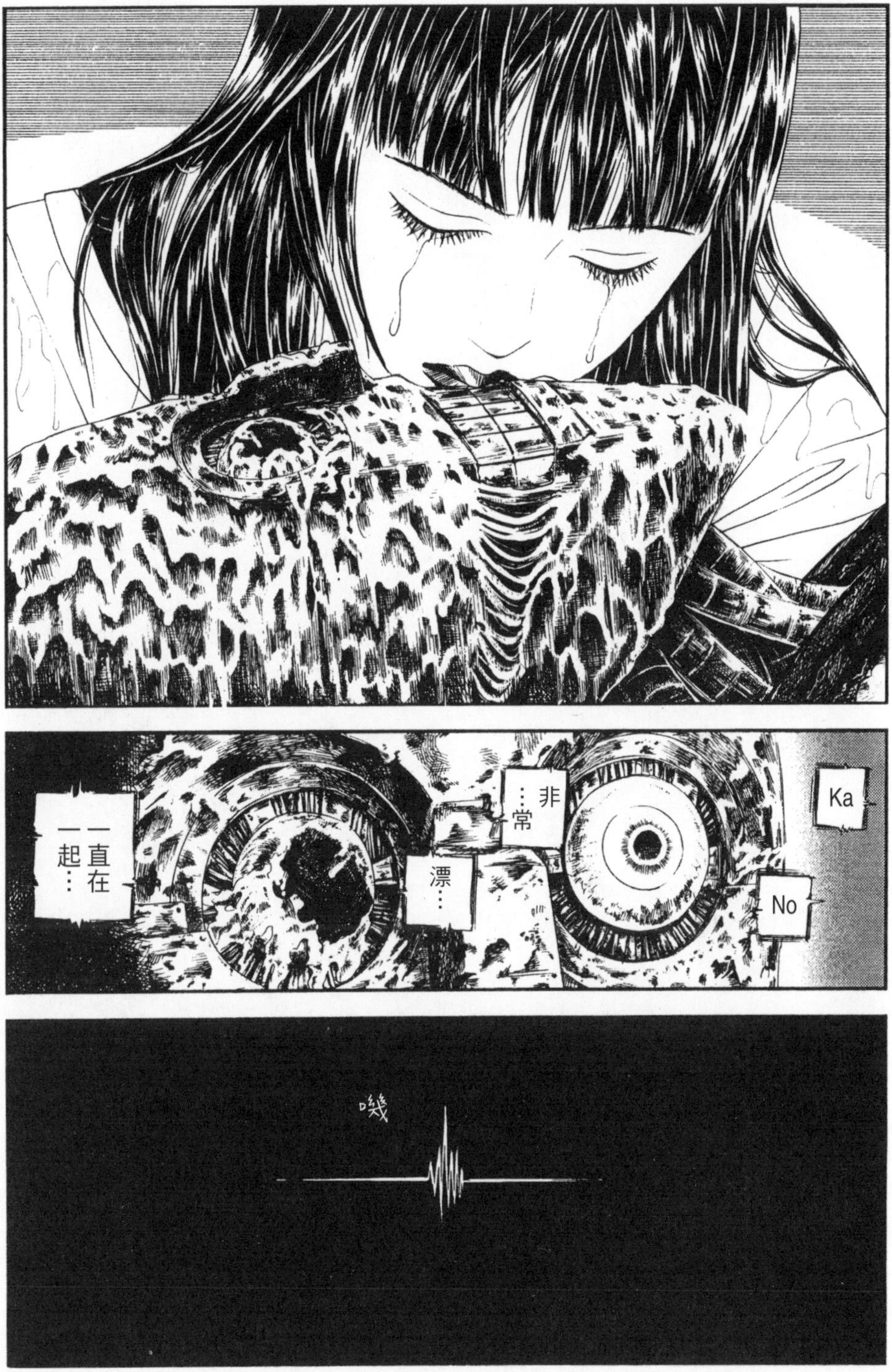
Ka
No
非常…
漂…
一直在一起…
嘰

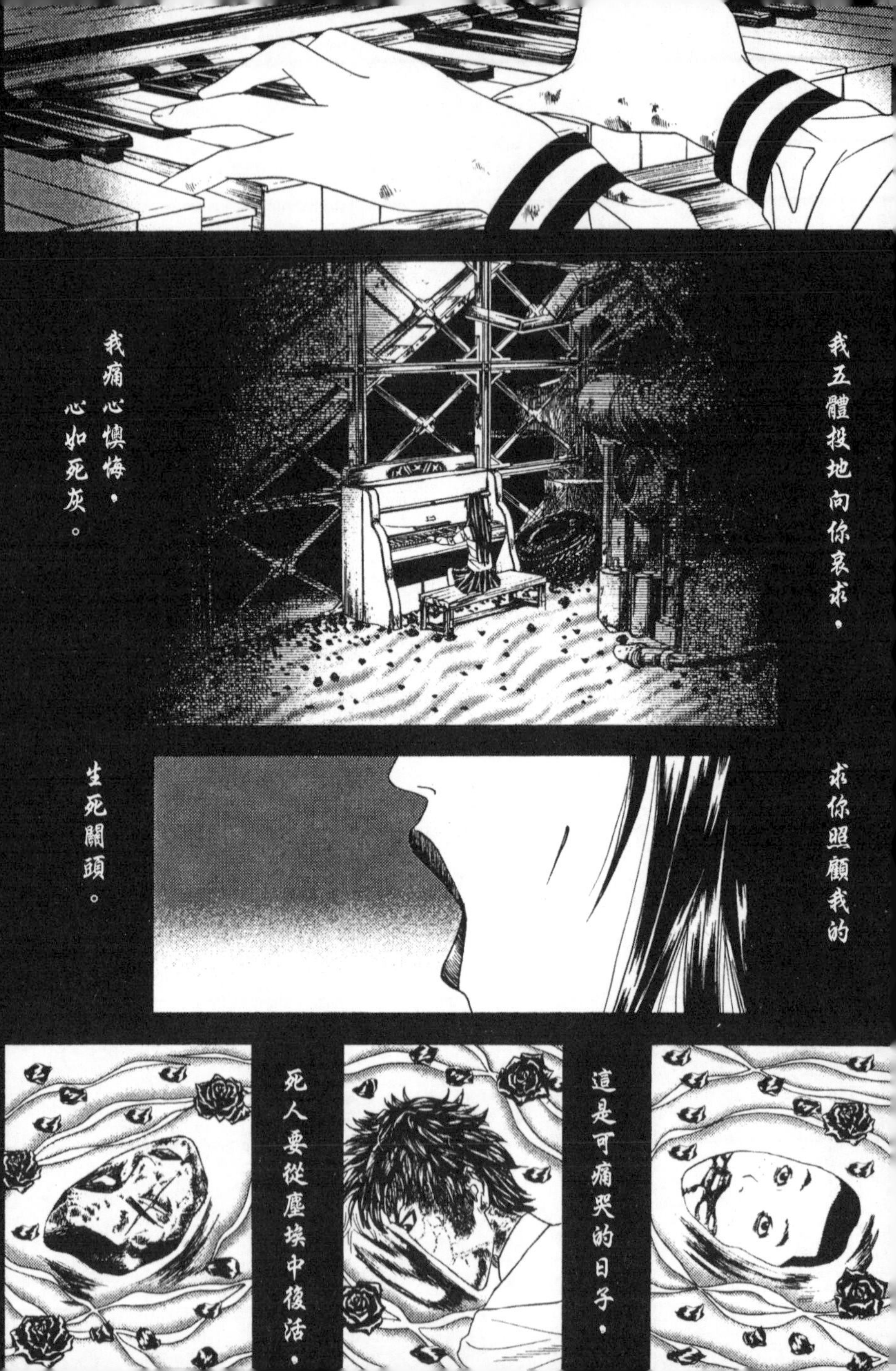
我五體投地向你哀求。
我痛心懊悔，
心如死灰。
求你照顧我的
生死關頭。
這是可痛哭的日子。
死人要從塵埃中復活。

罪人要被判處。
然而天主啊！
求你予以寬赦。

然而天主啊！
求你予以寬赦。

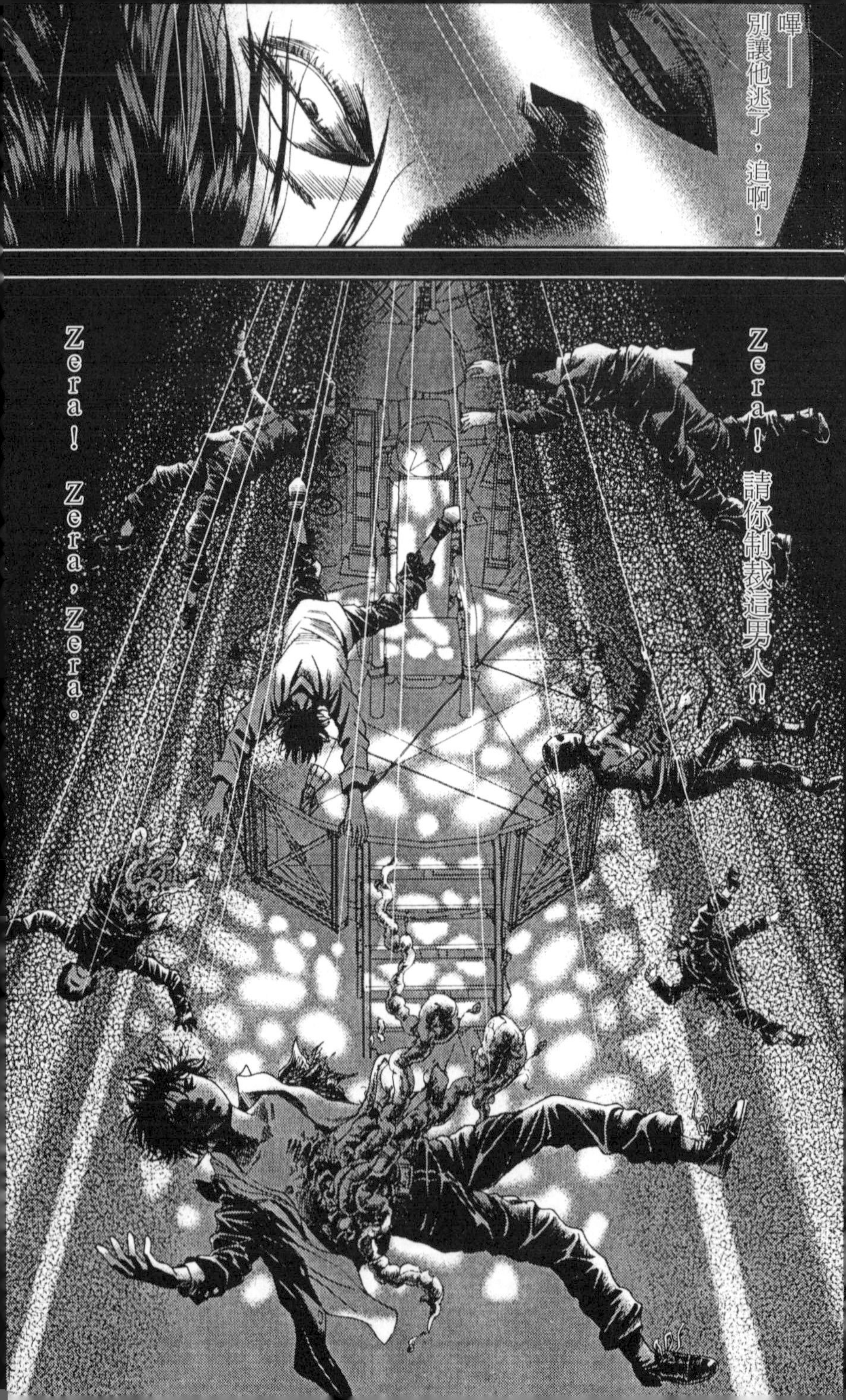
嗶——別讓他逃了，追啊！
Zera！請你制裁這男人!!
Zera！Zera，Zera。

那東西
完成之後，
我們就無敵了。

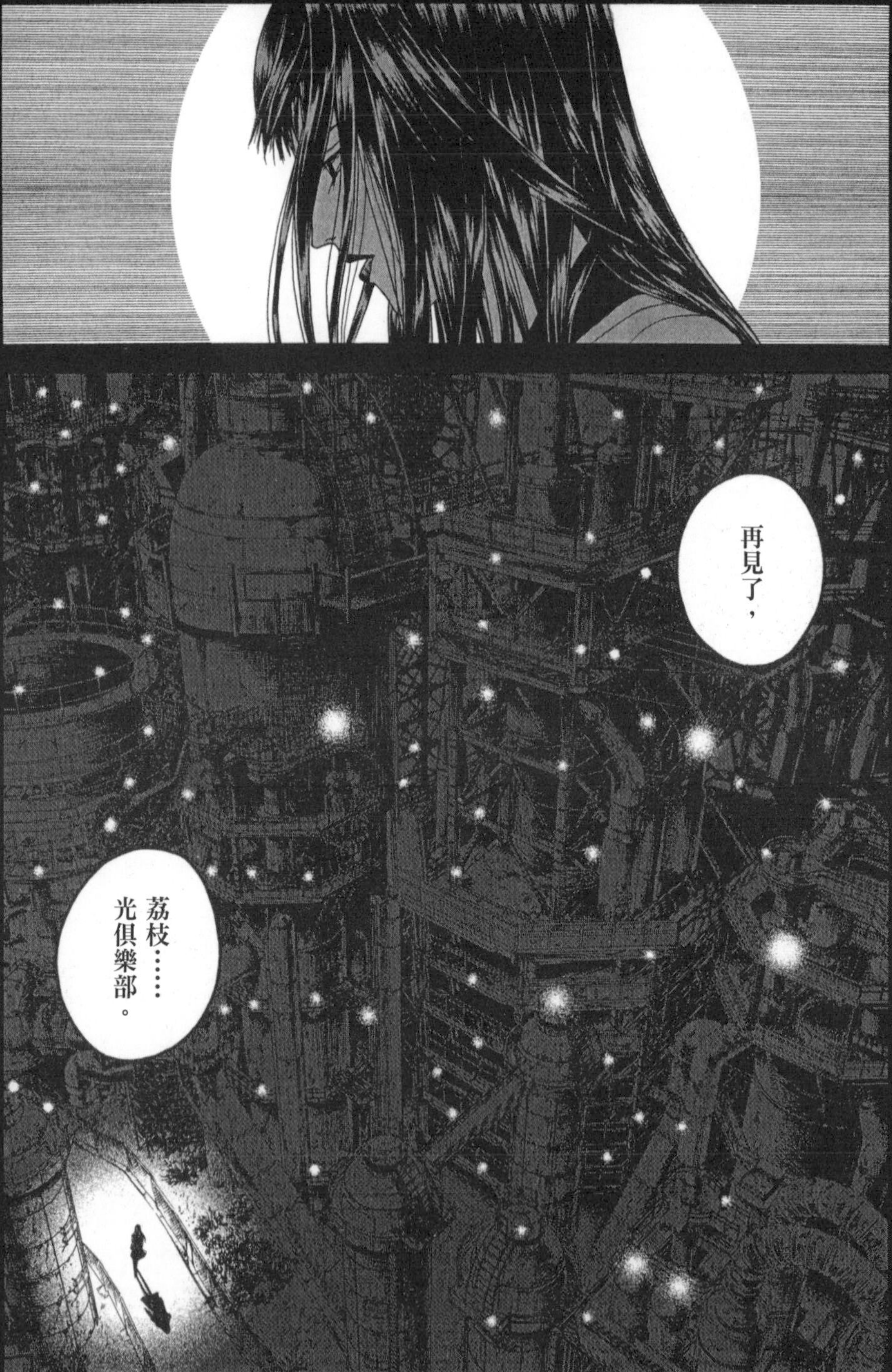
再見了，
荔枝……
光俱樂部。

ゴウン

ゴウン

ゴウン

（轟嗡嗡）

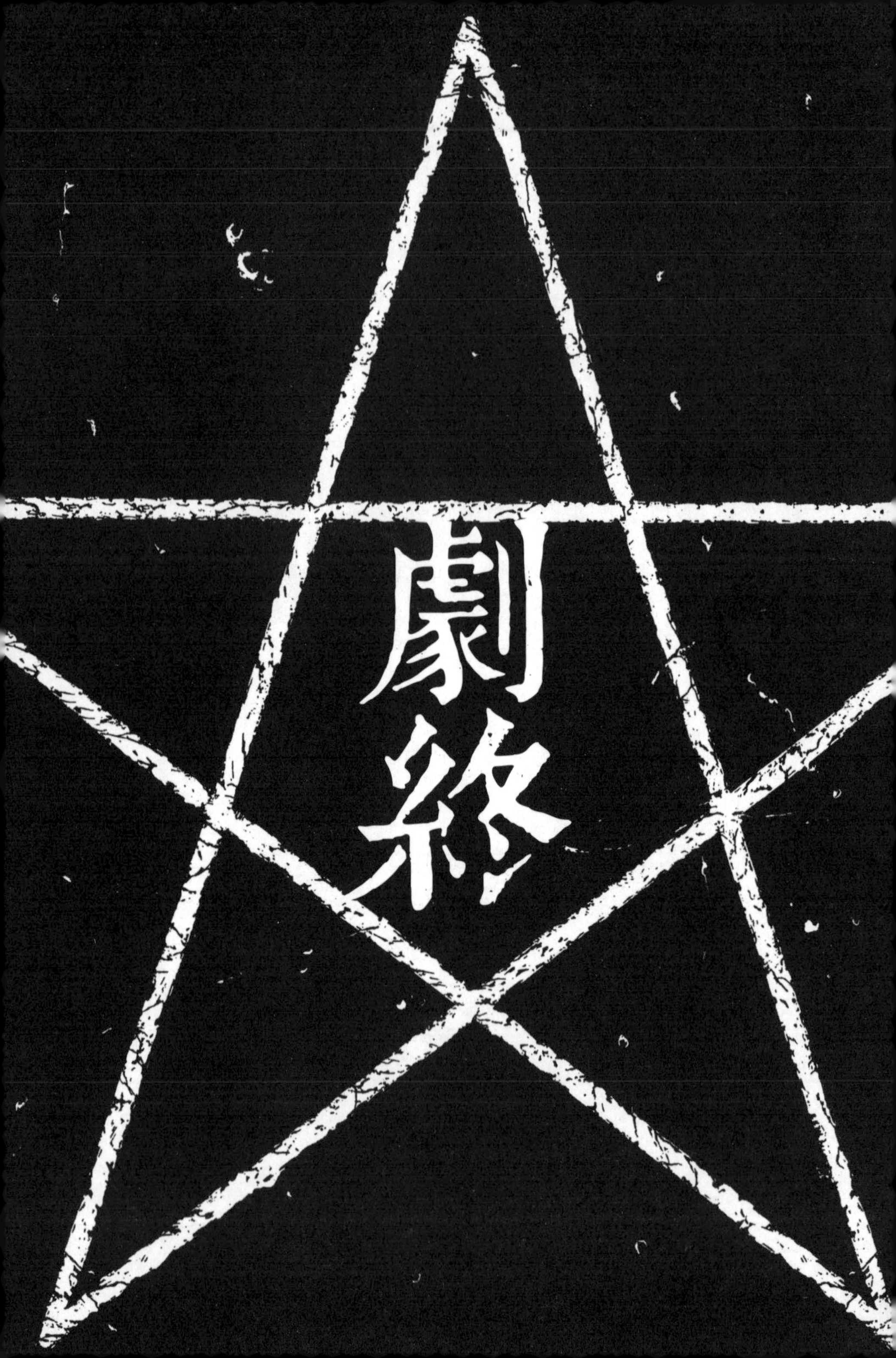
劇終

首先連載於「EROTICS f manga・eroticsF」2005 年 vol.33~2006 年 vol.39

後記

我在一九八五年十二月觀賞了〈荔枝・光俱樂部〉，那是我高二的冬天。

劇團「東京大木偶」（Tokyo Grand Guignol）由主理人飴屋法水於一九八四年創立，以暴力、血腥為題的耽美作風為人所知。成立後三年總共只發表四部劇，卻擁有絕大的影響力。就算把「當年觀劇時正值多愁善感時期」這個因素抽掉，我至今還是認為沒有其他戲比「東京大木偶」還來的衝擊。

高一即將結束之際，朋友邀我去看東京大木偶劇團的第二次公演〈加拉太〉。當時我還沒接觸過那種文化，受到的衝擊之大足以使人偏離人生正軌（實際上也真的偏離了）。「什麼？這是什麼世界？」暴力的內容與聲響、見世物小屋式（編按：蒐羅獵奇人事物的展覽或秀。）的詭異，可怕得不得了。

我也在當時首度得知漫畫家丸尾末廣的存在，他負責該劇的美術宣傳。

之後我迅速向地下文化傾倒，迷上AUTO-MOD、Sodom等地下樂團，開始讀丸尾末廣漫畫，喜歡《GARO》、《夜想》、《寶島》，變成了有這種興趣及嗜好的少年。

接著約一年後，期待已久的第三次公演〈荔枝・光俱樂部〉開始了。丸尾氏畫的傳單讓我內心雀躍，背面還刊有細野晴臣、AUTO-MOD主唱GENET等人的大名與他們的文章，令我無比激動。

小雨中，我拿著地圖，經過一番跋涉後抵達了小劇場。進入裡頭，發現昏暗的舞台上有詭異的基地。哨音突然響起，〈荔枝・光俱樂部〉便開演了。那是完成度無比高的戲。評論家松岡和子小姐在她的網站上刊了一篇文章，確切傳達了當時的氣氛，因此我轉載於此。

嗶——嗶——銳利的哨音貫穿黑暗，那肯定是某種號令。幾束光線彷彿受哨音誘出，奔馳於舞台上。手拿強光手電筒一字排開的，是戴學生帽、穿立領制服的中學生集團。這便是令人屏息的〈荔枝．光俱樂部〉開場。孩童時代，每個少年少女都曾夢想持續待在一個專屬於自己、將大人隔絕在外的世界。有人會將自己的房間當作城池，坐守其中；也有人會和兩、三個死黨找出祕密場所，將之打造成冒險基地。

每到午夜十二點，荔枝．光俱樂部的少年們都聚集到這個廢墟般堆滿文明廢棄物的場所，聽從領袖 **Zera** 的指示打造某個機械（有個場面是少年們手一拍，七座潛望鏡便同時降下；舞台右側裝設輸送履帶的運作方式，也指出故事場景在地下——這些工夫鮮明地製造出此地與外界的對比）。

將他們製作出的巨大機器人命名為「荔枝」（**Litchi**），因為它的動力來源不是電力也不是汽油，而是荔枝。電算機不斷為它輸入各種行動方式，而少年們命令它執行的任務是捕捉美少女。然而，它帶來的少女 **Marin**——她只把自己的名字告訴了荔枝——卻忤逆少年，且和荔枝之間滋長出不可思議的愛苗。以金屬零件組裝成的無機機械，吸收植物的能源開始有機化，最後甚至獲得了獨立思考的能力與感情。

聲音、光、殘酷而美麗的意象於舞台上交錯。安排美術、執導這齣戲的飴屋法水一度隸屬於狀況劇場（編按：六〇年代在日本成立，以臨時搭建的帳篷做為舞台，催生了後來的帳篷劇場。），劇中想出鋼鐵陰莖的少年 **Jaibo** 也由他飾演，以他為首的其他演員也非常有趣。

可以確定的是，該集團的登場大幅擴增了戲劇這種表現形式的「音域」。

看完〈荔枝・光俱樂部〉後，我一時無法脫離它的世界。不僅是演出和聲響的力量，蒸汽鏡和飴屋氏的劇本、美術、世界觀也全都打中了我。還有一大魅力可提出來討論，那就是演員的性格強烈。飾演Jaibo的飴屋氏美得令人錯愕且瘋狂；飾演荔枝的嶋田久作氏不愧為怪才演員，看上去跟機械沒兩樣；少女Marin則由音樂人越美晴飾演，形象惹人憐愛（劇中少女名叫Marin，典出楳圖一雄的《我是真吾》。漫畫化之際，我認為這個名字過於強烈地令人聯想到該作，因此變更為卡農〔Kanon〕）；其他少年們也無比俊美，懷有癲狂氣息；謎樣男子「丸尾侯爵」則由丸尾末廣氏飾演。

光俱樂部

光俱樂部的少年們

女老師與Jaibo

少女Marin與荔枝

我於是在上了大學後開始搞劇場。其實想參加的是大木偶劇團，但等到我總算變得比較有自信時，該劇團已經解散了。如今我後悔到不行。為什麼我高中時代不鼓起勇氣，不向他們表示想擔任工作人員，或者想演戲呢？傳單上明明寫著「募集工作人員」。後來聽飴屋氏說，才知道當年他來者不拒，演員也全都是外行人。

正是因為這份悔恨，我才想要畫這部漫畫。前作《π圓周率》乍看跟《荔》一作完全相反，但我透過它才總算得到了將這齣戲改編成漫畫的技術（自信）。現在我畫得出來了，就當作遲到二十年後加入了大木偶劇團吧。我是這麼想的（雖然這追求完美的習慣，正是我當年沒能入劇團門下的原因……）。

不過二十年的歲月已將觀劇的記憶轉變成「印象」了。多虧我運氣好，得以結識主理人飴屋法水氏和其他前團員，向他們尋求了許多幫助。身為一介戲迷，我聽他們談當年的情況聽得高興又激動，渾身發抖。有他們的幫助，我才有辦法回想起當時的熱烈氣氛，改編版的意象才在我心中固著下來。再次感謝各位不遺餘力的協助。可惜有些大木偶劇團相關人士，我事先還是沒碰到面，等到《荔》書問世後才以這樣的形式向各位報告，我深感抱歉。

我對八〇年代看過這齣劇、深愛原版的觀眾們很過意不去，因為改編版的故事做了相當多調整（而改編是因為漫畫和戲劇這兩種文類的速度感不同，漫畫可以放的情報量是戲劇的兩倍）。

戲劇版當中，田宮單獨背叛了Zera這個絕對的君主。但在漫畫版中，我為Zera和Jaibo設定了「薔薇」的關係（氣氛上的範本是當時的美少年雜誌《JUNE》），讓田宮成為正義感強烈的「光俱樂部」領導人，尼可的忠誠在最後化為「馬桶的復仇」重回舞台，並讓Jaibo成為策畫一切的陰謀者……我使人際關係和感情變得比原作更複雜，並加入電算機偷偷懷抱的野心，引導光俱樂部走上內部瓦解之路。

戲劇版中最刻骨銘心的是卡農（Marin）與荔枝的關係，這部分我盡可能保留了下來。「薔薇的處刑」是漫畫原創的劇情（是羅馬皇帝埃拉伽巴路斯實際採用的行刑方式），至於原作中的「鋼鐵陰莖」和「與TV的FUCK」，很遺憾，無論如何就是放不進去。

戲迷也許很期待穿短褲的Jaibo吧，真對不起。不過當時大木偶劇團散發出的熱度、氣息、力量、氣味，應該都成功再現了吧？我以此自負。

我從東京大木偶劇團和丸尾末廣的漫畫那裡獲得了「價值觀的基準」（「受影響」是一個說起來更輕鬆的解答，但不是正解）。少年時期的我拿各種作品與他們兩位的作品相比較，進行「這是通俗的」、「這是抽象的」等判斷，形成了我的脈絡與思考。當然了，我甚至有段時期否定過他們的創作。真要說來，我的核心就在這裡。我想將這部漫畫獻給飴屋法水、丸尾末廣，也想獻給高中時代美術預備校的朋友淵江、岩崎，還有當時的我自己。

為荔枝輸入情報的電算機

壓住田宮的少年們

大肆作亂
徹底破壞的
荔枝

後來，飴屋氏在某社群網站上寫了我的介紹文，贈與我一段催淚的話，謹記在這篇文章的最後：

「他是現今東京大木偶劇團最重要的成員，總有一天，我非得為他打造一部戲才行。」

古屋兔丸

PaperFilm FC2035

荔枝☆光俱樂部 | ライチ☆光クラブ LITCHI HIKARI CLUB

原著作者　古屋兎丸（USAMARU FURUYA）
譯　　者　黃鴻硯
書系顧問　鄭衍偉（Paper Film Festival 紙映企畫）
責任編輯　陳雨柔
封面設計　馮議徹
行銷企劃　陳彩玉、朱紹瑄、陳紫晴
內頁排版　漾格科技股份有限公司

發 行 人　涂玉雲
總 經 理　陳逸瑛
編輯總監　劉麗真
出　　版　臉譜出版
城邦文化事業股份有限公司
臺北市中山區民生東路二段一四一號五樓
電話：886-2-25007696　傳真：886-2-25001952

發　　行　英屬蓋曼群島商家庭傳媒股份有限公司城邦分公司
臺北市中山區民生東路二段一四一號十一樓
服務專線：02-25007718；25007719
二十四小時傳真專線：02-25001990；25001991
服務時間：週一至週五上午09:30-12:00；下午13:30-17:00
劃撥帳號：19863813　戶名：書虫股份有限公司
讀者服務信箱：service@readingclub.com.tw
城邦網址：http://www.cite.com.tw

香港發行所　城邦（香港）出版集團有限公司
香港灣仔駱克道一九三號東超商業中心一樓
電話：852-25086231　傳真：852-25789337

馬新發行所　城邦（馬新）出版集團
Cite (M) Sdn Bhd.
41-3, Jalan Radin Anum, Bandar Baru Sri Petaling,
57000 Kuala Lumpur, Malaysia.
電話：+6(03) 90563833　傳真：+6(03) 90576622
讀者服務信箱 :services@cite.my

一版一刷　二〇一九年二月
一版三刷　二〇二二年七月
ISBN　978-986-235-730-9

定　　價　三百六十元
（本書如有缺頁、破損、倒裝，請寄回更換）

★ FACES PUBLICATIONS ★